DANXIANG GUANJUN ZHI CHENG

单项冠军之城

曾毅 著

宁波制造业单项冠军企业数量全国第一
概括宁波单项冠军企业成长模式，聚焦高质量发展，见证中国经济光明道路

宁波出版社
NINGBO PUBLISHING HOUSE

图书在版编目（CIP）数据

单项冠军之城 / 曾毅著 . — 宁波 : 宁波出版社，2022.4

ISBN 978-7-5526-4535-4

Ⅰ.①单… Ⅱ.①曾… Ⅲ.①纪实文学—中国—当代 Ⅳ.① I25

中国版本图书馆 CIP 数据核字（2022）第 045829 号

单项冠军之城
DANXIANG GUANJUN ZHI CHENG

著　　者	曾　毅
策划编辑	廖维勇
责任编辑	杨青青　王元春　黄　彬
责任校对	叶呈圆
责任印制	陈　钰　王璐璐
装帧设计	金字斋
出版发行	宁波出版社
地址邮编	宁波市甬江大道 1 号宁波书城 8 号楼 6 楼　　315040
印　　刷	宁波白云印刷有限公司
开　　本	710 毫米 ×1000 毫米　1/16
印　　张	11.75
字　　数	160 千
版　　次	2022 年 4 月第 1 版
印　　次	2022 年 4 月第 1 次印刷
标准书号	ISBN 978-7-5526-4535-4
定　　价	58.00 元

如发现缺页或倒装，影响阅读，请与印刷厂联系调换，联系电话：0574-87327496

目 录

引　子	1
第一章　扣题	5
第二章　宁波	15
第三章　基因	34
第四章　起点	45
第五章　山巅	54
第六章　坚守	64
第七章　匠心	76
第八章　定音	90
第九章　品牌	105
第十章　资本	120
第十一章　家国	136
第十二章　共富	154
第十三章　星火	166
结语	181

引　子

2022年2月4日，壬寅虎年正月初四。过大年的中国到处都是欢乐海。睡梦中醒来的人们发现，这天早上4点50分，壬寅年壬寅月，二十四节气中的第一个节气——立春到了。

春风初度到虎年。北方的春饼南方的春卷，一口咬春"咬"出了春到人间。虎威千山、春光万道，中国大地"从此对花并对景"。

喜悦没有因暮色降临而结束。20：04的北京"鸟巢"，第二十四届冬季奥林匹克运动会开幕式燃爆了这个春天最彻底的空灵、浪漫与唯美。一朵雪花、一点水墨、一声小号，纵横飞舞中满是开放的胸怀和文化的自信。

都说外行看热闹、内行看门道。此时的鸟巢，集中了最多的赞，而此时的宁波，一群人相拥雀跃。他们来自浙江大丰实业股份有限公司。

一朵小小的雪花，在不同的时间段变幻出无数的样子。当带着所有参赛国家和地区名字的朵朵雪花组成了一片美丽的大雪花，这大雪花就成为最后的主火炬台。梦幻的设计令人痴醉，而梦幻的背后是科技在支撑。开幕式的主火炬系统就由大丰创制。

在2020年8月北京冬奥会开幕式点火仪式创意会上，张艺谋激动地说：说了很多小火大火的方案，凌晨4点我突然想到插火炬的方案。雪花就是利用凹凸观念卡合上的,那火炬也可以直接卡上去,这是全世界第一次。

这个构想是开创性的。如何落地?"创作团队围绕科技、巧妙、唯美思路,大胆创新,精心试验,最终将突发奇想的构思转化为神奇的现实。"大丰首席创意官丰嘉隆对着媒体道出了答案。

下面是一段段专业的论述:

"主火炬地面装置系统由 LED 底盘、主火炬辅助翻转提升装置和台阶踏步升降装置三部分构成。"

"主火炬用氢作燃料,以保证能在极寒天气使用,可抗风 10 级。"

"主火炬地面装置全部采用环保材料和工艺设计制作。"

"主火炬翻转提升装置驱动系统由 4 套庞大又精密的齿条机构组成。长达 9 米的齿条在大丰独有控制系统的精准控制下,可升降不同高度、旋转不同角度、完成复杂的曲线运动,以四两拨千斤的巧劲将主火炬以优美的弧线举高 8 米,继而将主火炬凌空传送至高空。"

"台阶踏步升降装置设计为巧妙的翻转补偿,让象征中华二十四节气的 24 个台阶始终自动保持水平且高差一致,即便台阶在活动状态,火炬手也能拾级而上。"

此外,北京冬奥会场馆四分之三的观众席座椅系统是由大丰提供的。系统不仅绿色环保,还可以通过智能运动实现场馆功能转换,最大限度提高场馆使用效能。

服务北京冬奥的宁波企业不止这一家。

2021 年 12 月 21 日,中国人民银行发行了第二十四届冬季奥林匹克运动会纪念钞。这是中国人民银行首次成套发行纪念钞,包括冰上运动项目纪念钞和雪上运动项目纪念钞各一张。塑料钞上,花样滑冰运动员舒展飘逸的身姿；纸钞上，自由式滑雪运动员迎风飞翔，冰雪姐妹齐享冬奥蓝。

发行量2亿套的纪念钞被全国的收藏爱好者疯抢。流通过程，需要用到周转箱。其中装塑料钞的周转箱在生产时需要用色母粒材料着色，这材料正是由宁波色母粒股份有限公司提供。

北京冬奥里的宁波元素就这样展现出来。

2022年1月17日，外交部例行记者会。发言人赵立坚在回答"绿色奥运"相关问题时反问了一句："在这我也想问在座的各位记者一个问题，北京冬奥会场馆使用的'绿色电能'，它们来自哪里呢？"

"来自张北。"场下有记者回答。

"说对了，是来自河北省张北。当地有句俗话说，'张北一场风，从春刮到冬'。我们建立了张北可再生能源示范项目，把张北的风转化为清洁电力，并入冀北电网，再输向北京、延庆、张家口三个赛区。这些电力不仅点亮一座座奥运场馆，也点亮北京的万家灯火。这个故事叫，'张北的风点亮北京的灯'。"

夏峰在朋友圈转发了这段视频。有知情者马上跟着评论了一句："张北的风，东方的线，北京的灯。"

是的，夏峰是宁波东方电缆股份有限公司总裁。在张北这一世界首个实现柔性直流电网构建的工程中，作为535千伏柔性直流电缆供应商的东方电缆足足苦干了4年。"张北柔性直流电网工程在关键设备研发应用方面创造了12项世界第一，其中的世界上最高电压等级、最大输送容量直流电缆就是我们公司参与研发并制造的。"东方电缆海洋创新中心技术总监陈磊充满了骄傲。

当风转为电照亮了北京，就在灯光电创造的冰雪"鸟巢"，就在冬奥开幕式上，21∶24，鲜艳的五星红旗和冰雪五环相辉映，《歌唱祖国》的旋律响起，作为东道主的中国代表队入场了。醒目又振奋的中国红加上洁净清爽的冰雪白，运动员从头到脚、从内到外展示着满满的中国力量。

队员身上的针织帽、围巾、内搭毛衣这御寒"三件套"所用的纱线，就是我国毛纺龙头企业——宁波康赛妮集团生产的。

"红色帽子用的是70%羊毛+30%羊绒，驼色帽子和围巾用的是100%驼绒，内搭毛衣用的是100%纯羊绒。"康赛妮的专家细细道来。

尽管康赛妮是中国高端羊绒系列纱线生产和出口量最大的产业集团；尽管康赛妮年生产、销售高档纱线、面料近10000吨；尽管康赛妮年使用100%山羊绒原料占世界纯山羊绒原料的15%~20%；尽管世界上每制作4~5件羊绒产品就有1件的羊绒纱线出自康赛妮：但这一次，在中国的奥运舞台向世界亮相，是康赛妮最引以为傲的。

此时，红帽子上的"CHINA"、红围巾上的"中国"，就是这些宁波企业最坚定的向往。

……

东风吹水，北京冬奥上这些"宁波贡献"都有一个共同的定语——中国制造业单项冠军。

第一章 扣题

2016年3月16日,北京。与往年一样,世界的目光在这一时段都集中在如期召开的中国"两会"上。细心的人也许会注意到,这是第十二届全国人大四次会议闭幕的日子。这一天,中国工业和信息化部印发了一个通知——

各省、自治区、直辖市及计划单列市、新疆生产建设兵团工业和信息化主管部门,有关行业协会:

为引导制造企业专注创新和产品质量提升,推动产业迈向中高端,带动中国制造走向世界,我部决定开展制造业单项冠军企业培育提升专项行动。现将《制造业单项冠军企业培育提升专项行动实施方案》印发你们,请按照要求,组织好本地区、本行业单项冠军企业推荐和培育提升工作。

工业和信息化部
2016年3月16日

单项冠军,这个概念走进了大众视野。

按照《制造业单项冠军企业培育提升专项行动实施方案》(以下简称《实施方案》)的定义,制造业单项冠军企业是指长期专注于制造业某些特定细分产品市场，生产技术或工艺在国际领先，单项产品市场占有率位居全球前列的企业。

"顾名思义，它包含两方面内涵：一是'单项'，企业必须专注于目标市场，长期在相关领域'精耕细作'；二是'冠军'，要求企业应在相关细分领域中拥有冠军级的市场地位和技术实力。"一个月后，时任工业和信息化部产业政策司司长许科敏就《实施方案》相关问题回答记者提问的时候这样解释。

隐形冠军

在此之前，被业界所熟知的，是单项冠军的近义词——隐形冠军。赫尔曼·西蒙，德国人，1947年出生，1976年获波恩大学博士学位。他的学者生涯一路开挂，是伦敦商学院终身访问教授，担任过哈佛大学、斯坦福大学的访问教授，1984~1986年任欧洲市场营销研究院院长。正是在这里，他开辟了隐形冠军的研究领域。

坊间广为流传的隐形冠军研究起点的故事是这样的：在西蒙与哈佛商学院著名的行销专家西多尔·利维特教授的一次交流中，后者问他有没有思考过"为什么联邦德国经济总量不过美国的四分之一，但是出口额却雄踞世界第一？哪些企业对此所做的贡献最大？"这些问题。

薛林，赫尔曼·西蒙《隐形冠军》一书的国内推广策划人、北京赫尔曼·西蒙咨询有限公司监事、中国隐形冠军制造业促进会的发起者之一。"是的，是这样的。那是西蒙在哈佛的同事。"他证实了这个故事的真实性。

这一点,在赫尔曼·西蒙《隐形冠军:21世纪最被低估的竞争优势》的前言中也被记录了下来:"在会面中,我们针对出口这个议题进行了一连串的讨论 —— 为什么有些国家出口做得这么好,有些国家的外贸表现却如此差劲?两年后,当我在哈佛商学院担任客座教授时,我们重新拾起了这个话题;而在二十几年后的今天,我们的讨论仍然能够以同样形式继续下去。"

那是1987年。此后的西蒙钻进了这一课题。

德国在出口方面为何如此成功?哪些企业对此所做的贡献最大?当然是从西门子、宝马、戴姆勒 – 奔驰等巨头企业开始研究。但是和相匹配的国际竞争对手相比,这些巨头的出口并没有什么特别的优势。"一直以来,某些国家(如德国)经济强劲的出口能力,依靠的都不是大企业的贡献。那些出口量大并在全球表现活跃的大企业,在所有高度发达的工业化国家都能找到。"西蒙发现。

降维寻找,西蒙从本土400多家卓越中小企业中发现了答案:"有许多中型企业在各自的市场中,成为欧洲或世界的领先者,正是这些市场领先者,为延续和加强德语系国家的出口地位,做出了决定性的贡献。"

20世纪80年代末期,西蒙为这些表现不平凡的公司创造了"隐形冠军"这个称谓。他因此被称为"隐形冠军之父"。他写的《隐形冠军》一书被翻译成20多种语言,在世界各地传播。从1996年的《隐形冠军》到2007年的《隐形冠军:21世纪最被低估的竞争优势》,再到2019年的《隐形冠军:未来全球化的先锋》,不同的翻译版本,经数家出版社出版、多次重印,收获了众多的中国读者。薛林也从参与出版开始,逐渐在国内助推隐形冠军发展,策划活动、推广理念。

"他提出的隐形冠军涉及的产品和行业非常多样化。"薛林在西蒙的书里找到了详解——"德语区的隐形冠军绝不仅仅局限于大家所熟知的机器制造或汽车供应商行业。隐形冠军中不仅有历史悠久的常青企业,也有不断涌现出来的在研发创新最前沿的新锐企业。"在西蒙定义的版图里,德国隐形冠军的产品范围涵盖了工业产品、消费产品和技术服务等领域:"有超过2/3的隐形冠军活跃在工业领域,1/5的隐形冠军从事消费品行业,另有1/9属于服务业。"

"隐形冠军这个名字是故意自相矛盾的:冠军通常是有名的、众所周知的,而不是隐形的。"2022年新年伊始,西蒙在接受中国聚浪增长会、《企业家》杂志专访时回忆说。

隐形冠军的定义随着时代的前行而逐渐扩大了其内涵与外延,尤其是收入标准已经做了几次上调,以适应隐形冠军不断增长的规模。

易建荣,聚浪增长会创始人,首席增长指挥官。在2022年新春,推出了对包括西蒙教授在内的系列业界专访。

"他对隐形冠军的最新界定标准是全球市场销售额前三名或是其所在的冠军;收入小于50亿美元;很少为细分市场外的公众所知。"易建荣说。

根据这一标准,德国的隐形冠军企业目前已经达到1573家,在全球占绝对优势,排名其后的美国仅350家。

除了隐形冠军,还有一个词从英文的世界里被借用过来,用于形容同一性质,那就是"niche"。这个根据发音翻译过来叫作"利基"的词,从"缝隙、商机"的原意中演变出了一系列带有专属意义的名词——利基企业、利基市场、利基产品、利基品牌、利基战略等等,意思就是"通过在生产领域中对市场细分,企业将自身优势与细分市场对接,从而实现专业化的产品、效益、品牌、战略,并因此成为行业的先锋"。2014年,日本经济产业省评选出了100家国际利基领军企业,入选企业均为市场规模不大但凭借优势产品进军国际市场的中小企业。

"隐形冠军代表着经济中的利基市场。这背后的事实是,大多数产品市场都很小。如果你在世界上有20000个可分离的市场,那么其中只有大约100个是由知名公司主导的大型市场,其余都是小型利基市场,每个市场都有一个全球市场领导者。这些是隐形冠军。这个概念本身并没有改变,并引起了很多关注。"西蒙告诉易建荣。

从 2016 年开始

回到2016年。这一年,中国工业和信息化部明确提出,中国要开展制造业单项冠军企业培育提升专项行动。

很明显,这是一个业态里的争先创优。尽管与隐形冠军同义,但是单项冠军只选取了制造业作为自己的专属定语;尽管与利基有共通之处,但是单项冠军只依据企业在其所在行业的国内排名。

这是属于中国的一场竞技。

制造业,在新中国70年的历程中,承担了"长子"的责任。

2019年10月30日的《经济日报》刊登了《我国制造业发展的历程与宝贵经验》一文,作者是中国社会科学院工业经济研究所研究员李晓华。文章介绍:"新中国在成立之初,是一个典型的农业大国,工业基础非常薄弱,产业体系很不完善,工业化水平很低。数据显示,以净产值衡量，工农业结构中农业比重高达84.5%，工业占15.5%，其中重工业只占4.5%。经过70年的建设和发展，我国制造业取得了巨大的历史性成就。按照联合国工业发展组织的数据，中国22个制造业大类行业的增加值均居世界前列，其中纺织、服装、皮革、基本金属等产业增加值占世界的比重超过30%，钢铁、铜、水泥、化肥、化纤、发电量、造船、汽车、计算机、笔记本电脑、打印机、电视机、空调、洗衣机等数百种主要制造业产品的产量居世界第一位。可以说，我国已经从新中国成立之初积贫积弱的农业国转变成一个拥有世界上最完整产业体系、最完善产业配套的制造业大国和世界最主要的加工制造业基地。"

"改革开放以来，我国制造业经过几十年的持续快速发展，建成了门类齐全、独立完整的制造体系，规模跃居世界第一，创新能力不断增强，支撑我国实现了从贫穷落后的农业国到具有全球影响力的经济大国的转变。"2018年第1期《求是》刊登的对时任工业和信息化部部长、党组书记苗圩的专访文章中这样说。

新中国的制造业从1949年起步，为何在67年后的2016年提出了对单项冠军企业的培养？

这是一个厚积薄发、破土而出的生长过程。

2016，中国"十三五"开局之年。

这一年，中国制造业产值为744127亿元，比上年增长6.7%，连续7年保持世界第一制造大国的地位。

这一年，李克强总理在第十二届全国人大四次会议上作的政府工作报告中首提"工匠精神"，指出要"鼓励企业开展个性化定制、柔性化生产，培育精益求精的工匠精神，增品种、提品质、创品牌"，"加快建设质量强国、制造强国"。

这一年的 5 月 27 日，著名的财经作家吴晓波在深圳作了一场《2016，中国制造迎来黄金五年》的演讲，他将改革开放后中国制造业经历的转型进行了阶段性的梳理与总结——

第一次转型从 1978 年开始，那是中国改革开放的元年。"当年中国的经济总量是日本的 1/3，我们在一个非常低的起点上开始第一次转型。1978~1992 年，当时完成了中国第一次转型的主力军，不是我们的国有企业，而是乡镇企业。""乡镇企业在国营的流通体系以外建立了自己的流通体系。"

第二次转型在 1992 年以后，包括了两次消费转型。"中国商品开始发展，老百姓手里有点钱，所以我们要改善他们的生活。怎么办呢？让他们吃好穿好，所以服装、饮料行业开始起来，还有保健品。当我们吃好穿好以后怎么办？我们家里夏天的时候最好有一个空调、大冰箱，1989 年以后开始有电视机，家电企业起来了。中国的服装品牌，中国的饮料品牌，中国的家电，你想得起来的，这三个行业的品牌，90% 以上成名在 1992~1998 年之间。"

1998 年金融危机，打乱了亚洲经济发展节奏。中国制造业面临着再次转型。"中国房地产的元年是 1998 年，当大家开始买房子、买汽车的时候，中国的整个产业经济由服装、饮料、家电为主的轻工业模型向重工业发展。城市化也好，房子也好，需要大量的钢铁、铝、电、煤，所有的能源大规模生产。"

这一时期，中国的经济总量超过日本成为全球第二大经济体。

然而，"当转型结束以后，36 年来我们所具有的三大优势，成本优势、规模优势、制度优势基本上丧失了。"吴晓波说。

1992 年，时任台湾宏碁电脑董事长施振荣曾提出了"微笑曲线"

(Smiling Curve)理论。画一个坐标图，横轴分为三段，左段为技术、专利，中段为组装、制造，右段为品牌、服务；纵轴代表的是附加值的高低。将三段的附加值连线，画出的是一条微笑曲线，曲线左右两侧附加价值高，利润空间大；而处在曲线中间弧底位置的组装、制造等，技术含量不高，附加价值低，利润微薄。

这似乎就是中国制造业隐含的现状。当野蛮的原始生长将上升期送上顶端后，暗藏的弊端就逐渐显露。曾经的坦途走到这里高高低低，最初的一手好牌怎么此时抽出哪一张感觉都没有了气势。

据中新社 2015 年 11 月 18 日报道："中国工业和信息化部部长苗圩在接受媒体采访时候说，在全球制造业的四级梯队中，中国处于第三梯队，成为制造强国尚需时日。""发达国家制造业回流与新兴市场国家争夺中低端制造转移，对中国形成了'双向挤压'。"

三年后，2018 年 1 月，在《求是》杂志上，苗圩"庖丁解牛"："近年来，我国制造业供需结构性失衡问题比较突出，低端供给过剩、高端供给不足，在一些行业存在产能严重过剩的同时，大量关键装备、核心技术和高端产品还不能满足需求。这已成为影响制造业发展的主要矛盾，背后则反映了我国制造业发展的深层次问题。主要表现在：一是创新能力整体偏弱，以企业为主体的创新体系尚不完善，产业共性技术的研发和产业化主体缺失等问题突出；二是基础配套能力不足，先进工艺、技术标准和知识产权保护等基础能力较为薄弱，关键材料、核心零部件成为瓶颈，严重制约了整机和系统的集成能力；三是部分领域产品质量可靠性亟待提升，突出体现在产品可靠性、稳定性和一致性等方面；四是品牌建设滞后，产品档次不高，缺少一批具有国际影响力的品牌和领军型企业。"

有专家称，此时的中国制造业走到了"微笑曲线"的底端。

既有阴晴不定的国际"天气"。当中国制造不再安心处在"微笑曲线"底端，而是向上渴求品牌、技术的时候，被打破的平衡自然会带来巨大的冲突。

又有中国制造业走到今天，自身所面临的产能过剩、创新能力不足、产品附加值低等种种的困境。冲出困境，需要突破口。

与此同时，互联网对制造业的巨大冲击、供需错配带来的畸形消费，逐渐显性爆发。当价值导引转了方向，没有人愿意在基础阵地坚守。

面对新时代新目标新要求，制造业所承担的任务艰巨，责任重大，使命光荣。

"我们要获得新的能力，获得新的工具，获得新的商业模式。这个是我们今天所面临的问题。"吴晓波在演讲时这样说。

在"十三五"的蓝图里，在中华民族伟大复兴战略全局和世界百年未有之大变局的风云里，在高质量发展的语境里，中国知道，强，就是话语权。

"在新时代，要实现建成社会主义现代化强国的奋斗目标，发展仍然是解决一切问题的基础和关键。制造业是实体经济的主体，是技术创新的主战场，是供给侧结构性改革的重要领域。制造业对于经济社会发展的意义，不仅体现在直接创造了多少经济价值，更体现在对创新活动和高端要素的承载作用，对经济结构优化的带动作用，以及对国民经济发展质量变革、效率变革、动力变革的长效驱动作用上。在高质量发展阶段，制造业必须以创新驱动发展为根本路径，努力实现从数量扩张向质量提高的转变。"苗圩这样回答记者关于"在新时代的历史方位下我国制造业肩负着怎样的新使命？"的提问。

"为引导制造企业专注创新和产品质量提升,推动产业迈向中高端,带动中国制造走向世界。"2016 年,《制造业单项冠军企业培育提升专项行动实施方案》开篇立意。

"为加快培育具有创新能力的排头兵企业和具有全球竞争力的世界一流企业,提高制造业企业创新力和专业化、国际化水平,推动制造业高质量发展。"2020 年,工业和信息化部办公厅、中国工业经济联合会《关于组织推荐第五批制造业单项冠军和复核第二批制造业单项冠军的通知》剑指高楼。

"建立和完善优质企业梯度培育体系对推动制造业高质量发展具有重要意义,单项冠军是优质企业梯度培育体系中重要一环,发挥了明显的示范带动作用。要围绕提升工业基础能力和产业链现代化水平,统筹谋划优质企业培育工作。一是完善优质企业梯度培育体系,推动大中小企业融通发展。二是完善创新体系,突破关键领域短板。三是强化产业协同,提升产业链水平。四是推动融合发展,促进产业转型升级。五是营造良好市场环境,激发市场主体活力。"2019 年 12 月 25 日,工业和信息化部、中国工业经济联合会组织召开了制造业单项冠军经验交流会,时任工业和信息化部副部长王江平这样说。

面对记者,许科敏对中国的制造业做了这样一个比喻 —— 不少企业在发展过程中,经常难以克服多元化发展冲动,在不同领域不同行业"全面开花",较少埋头于自己专长的领域"精耕细作"。

"十年磨一剑"的内涵意义,就是对创建制造业核心竞争力的引导。

让中国制造在全球产业链供应链中的地位和影响力持续攀升。在这个时代命题下,中国要开展制造业单项冠军企业培育提升专项行动。

宁波的单项冠军企业由此亮相。

第二章 宁波

截至2021年11月8日工业和信息化部、中国工业经济联合会《关于制造业单项冠军第六批遴选和第三批通过复核企业名单的公示》发布，全国累计共有848家企业榜上有名，包括455家示范企业和393家单项冠军产品企业。其中，宁波有63家企业名单在榜，含单项冠军示范企业35家、单项冠军产品企业28家。

这意味着，作为全国重要的先进制造业基地，宁波以全国千分之一的土地面积，培育出了占全国7.43%的国家级制造业单项冠军企业及单项冠军产品企业，总量连续4年全国第一。在宁波之后，国家级制造业单项冠军企业数量位居前列的城市是深圳（47家）、北京（33家）、上海（27家）、杭州（26家）、常州（24家）、青岛（23家）、苏州（21家）、淄博（17家）、南通（17家）。

看看这些荣耀的名字。

宁波国家级制造业单项冠军示范企业及单项冠军产品企业名单

类目	企业名称	产品	批次
	海天塑机集团有限公司	塑料注射成型机	第一批
	宁波德鹰精密机械有限公司	缝纫机旋梭	
	宁波舜宇光电信息有限公司	手机摄像模组	第二批
	宁波激智科技股份有限公司	液晶显示模组	

续表

类目	企业名称	产品	批次
制造业单项冠军示范企业	东睦新材料集团股份有限公司	粉末冶金零件	第二批
	宁波康赛妮毛绒制品有限公司	粗梳羊绒纱线	
	宁波慈星股份有限公司	电脑针织横机	
	宁波博德高科股份有限公司	单向走丝电火花加工用切割丝	第三批
	宁波舜宇车载光学技术有限公司	车载镜头	
	宁波合力模具科技股份有限公司	压铸模具	
	万华化学（宁波）容威聚氨酯有限公司	隔热保温用组合聚醚多元醇	
	浙江大丰实业股份有限公司	舞台机械	
	宁波江丰电子材料股份有限公司	半导体制造用超高纯金属溅射靶材	第四批
	宁波旭升汽车技术股份有限公司	新能源汽车铝合金减速器箱体	
	宁波帅特龙集团有限公司	机动车门手柄总成	
	宁波杉杉新材料科技有限公司	动力锂离子电池用人造石墨负极材料	
	宁波路宝科技实业集团有限公司	桥梁伸缩装置	第五批
	宁波永新光学股份有限公司	光学显微镜	
	宁波市鄞州亚大汽车管件有限公司	汽车制动软管接头系列	
	乐歌人体工学科技股份有限公司	智能多媒体显示人体工学工作站	
	宁波柯力传感科技股份有限公司	应变式传感器	
	百隆东方股份有限公司	色纺纱	
	宁波微科光电股份有限公司	红外线扫描电梯光幕	第六批
	锦浪科技股份有限公司	户用光伏逆变器	
	宁波培源股份有限公司	减震器活塞杆	
	宁波杜亚机电技术有限公司	管状电机	
	宁波东力传动设备有限公司	冶金用高功率密度减速器	
	雪龙集团股份有限公司	商用车发动机冷却风扇总成	
	宁波信泰机械有限公司	汽车车身外饰条	
	宁波达尔机械科技有限公司	高精密微型深沟球轴承	
	宁波色母粒股份有限公司	彩色塑料色母粒	
	宁波利时日用品有限公司	环保可循环高温共聚聚酯	
	舒普智能技术股份有限公司	智能特种工业缝纫机	
	宁波大发化纤有限公司	再生涤纶短纤维	
	宁波长振铜业有限公司	高精密铜合金端面型材	

续表

类目	企业名称	产品	批次
单项冠军产品企业	宁波申菱电梯配件有限公司	电梯门机	第二批
	赛尔富电子有限公司	LED冷链照明灯具	
	宁波长阳科技股份有限公司	光学反射膜	
	公牛集团股份有限公司	移动插座	第三批
	宁波天生密封件有限公司	核电站反应堆压力容器C形密封环	
	宁波方太厨具有限公司	侧吸式吸排油烟机	
	贝发集团股份有限公司	圆珠笔	
	音王电声股份有限公司	数字调音台	
	日月重工股份有限公司	风电铸件	
	宁波三星医疗电气股份有限公司	三相智能电能表	第四批
	宁波埃美柯铜阀门有限公司	民用管道控制阀门	
	宁波家联科技股份有限公司	生物基全降解日用塑料制品	
	广博集团股份有限公司	纸品文具	
	宁波欣达电梯配件厂	涡轮副电扶梯驱动主机	
	宁波鲍斯能源装备股份有限公司	螺杆主机	
	宁波继峰汽车零部件股份有限公司	乘用车座椅头枕	
	宁波方正汽车模具股份有限公司	汽车燃油系统多层吹塑模具	
	宁波韵升股份有限公司	硬盘音圈电机磁体	
	宁波东方电缆股份有限公司	海洋脐带缆	第五批
	宁波金田铜业(集团)股份有限公司	高性能铜合金棒材	
	宁波科诺精工科技有限公司	汽车天窗导轨用铝合金精密型材	
	宁波乐惠国际工程装备股份有限公司	啤酒酿造成套装备	
	恒河材料科技股份有限公司	石油树脂	
	浙江舜宇光学有限公司	手机镜头	
	宁波弘讯科技股份有限公司	塑机控制系统	
	宁波水表(集团)股份有限公司	智能水表	第六批
	浙江华朔科技股份有限公司	新能源汽车驱动系统压铸总成	
	镇海石化建安工程有限公司	缠绕管式换热器	

盘 点

表格里的都是宁波制造业的杰出代表,战功赫赫。

把它们放在宁波经济的总篮子里,把宁波经济放在全国的总篮子里,表现又如何呢?

年终岁尾,总是盘点的时候。就从那一份份的"期末答卷"上寻找宁波的分数吧。

2021年,宁波以14594.9亿元的地区生产总值,排名全国第12,增速8.2%。同时,GDP名义增量2186.3亿元,排名全国第8,增速17.6%。而宁波的常住人口为954.4万人,人均GDP达15.4万元;陆域面积9816平方公里,以全国0.1%的陆域面积,创造了占全国1.3%的GDP。

随着各大城市相继发布2021年度经济发展"成绩单",长三角41城(地市)的GDP排名也已出炉。三省一市的GDP同比增速均超8%。41个城市中,共有18个进入全国GDP城市排名50强,有8个进入GDP万亿俱乐部,它们分别是上海、苏州、杭州、南京、宁波、无锡、合肥和南通。宁波的GDP总量在41城中排名第5,且GDP名义增速以17.6%领跑41城。

与此同时,根据目前各地发布的统计数据,2021年我国共有16个城市(包括直辖市、省会城市、计划单列市、地级市)人均可支配收入超过6万元。其中,宁波以65436元排在全国第8,同比增长9.1%;城乡居民人均可支配收入倍差为1.72,比全省低0.22,且连续17年呈缩小态势。

2022年1月19日，胡润研究院发布《2021胡润中国500强》，共501家市值（估值）超320亿元的中国民企（含港澳台地区）上榜，入围门槛比去年提高90亿元。按公司总部所在地口径计算，宁波共有11家企业上榜，比2021年增加1家，排名全国城市（含港澳台地区）第9。11家宁波上榜企业总市值突破1万亿元，达10040亿元。这里，就有舜宇、合盛硅业、公牛、锦浪、容百、东方电缆、日月股份计7家国家级制造业单项冠军及单项冠军产品企业，占比达到了63.6%。

另有一个佐证的消息。来自浙江省港航管理中心的数据显示，2021年，宁波舟山港完成年货物吞吐量12.24亿吨，同比增长4.4%，连续13年位居全球第1；完成集装箱吞吐量3108万标准箱，同比增长8.2%，继续位居全球第3。这一年里有好几个首次：年货物吞吐量首次突破12亿吨，集装箱吞吐量首次突破3000万标准箱，海铁联运量首次突破120万标准箱，实现浙江省和全国港口企业中国质量奖"零"的突破……中国制造就是从这里年复一年地走向世界。

细分宁波数据：

2021年，宁波全市新设各类市场主体22万户，新设数量创历年新高，市场主体总量突破120万户；

2021年，宁波的第二产业增加值达6997.2亿元，增速9.8%，排名全国第7，占全市GDP的47.9%；

2021年，宁波工业总产值首破2万亿元大关，达22108.2亿元，同比增长22.3%；规上工业增加值达4865亿元，同比增长11.9%；

2021年，宁波规上工业中，人工智能产业、数字经济核心产业、新材料产业、高技术制造业、装备制造业增加值分别增长21.3%、17.5%、16.6%、16.1%和16.1%；

2021年，除了国家级制造业单项冠军企业总量达63家，稳居全国城市第1，宁波的国家级专精特新"小巨人"企业有182家，仅次于上海、北京，位列全国第3。

宁波市经信局的分析数据显示，截至2020年底，主导产品市场占有率全球第一的企业有110家，市场占有率全国第一的企业有262家。

有心人还统计过："全球每卖出3部安卓手机，就有1部的光学镜头来自舜宇光学；虎年央视春晚用LED屏幕打造的720度穹顶空间，由大丰实业担当重任；中国首个空间站核心舱的微重力太空显微实验仪，是永新光学研发制造……"这几个名字亦都在宁波的单项冠军企业名单中。

有关媒体在对长三角GDP成绩不俗的实力和强劲的发展动能的总结中，提出了"在疫情反复的2021年，长三角的增长底气到底是什么"的疑问，答案之一就是"回归制造业"。苏浙沪第二产业的同比增速均超过第三产业，分别高达10.1%、10.2%和9.4%。

单项冠军的法宝

2021年8月，中国工业经济联合会执行副会长兼秘书长熊梦披露了这样一组数据：从主营业收入看，单项冠军企业三年平均增长率为21.9%，远高于规模以上工业企业的7.8%；从利润增长看，60.6%的企业近三年年均增长率超过10%，其中340家示范企业更是达到18.2%。

"单项冠军企业是引领制造业效益发展主引擎、是示范制造业创新发展新标杆、是推动制造业集群发展驱动力、是带动制造业开放发展主前台。"宁波市经信局《宁波市制造业单项冠军企业发展报告（2019）》发布。

"制造业单项冠军以十年磨一剑的工匠精神，聚焦细分领域做实做大做强，逐渐成为推动制造业发展逆势回升，加速核心领域关键'卡脖子'技术攻坚，推进产业基础高级化和产业链现代化，引领制造业高质量发展的硬核群体。"《宁波市制造业单项冠军企业发展报告（2020）》发布。

似乎看到了阳光下宁波单项冠军企业走来的群影。

就宁波而言，单项冠军 — 中小企业 — 制造业 — 民营企业，几乎是一个金字塔的搭建过程。

从塔基到塔尖，起点是改革开放。

宁波市委党校经济学教研部副主任王凌一直致力于宁波民营经济发展研究："从增量改革的角度分析，改革开放以来中国发生的最大变化和伟大成就之一，是民营经济的崛起与发展。宁波则是其中的一个亮点。"

"数量上，宁波有超过12万家的制造企业，84%以上的规上企业是民营企业；质量上，形成了纺织服装、新材料、汽车制造等8个超千亿级产业集群。"宁波市经信局党组成员、巡视员陈成海说。

在与王凌探讨关于宁波单项冠军企业发展现状及路径的时候，他为此专门撰写了一篇研究文章。他总结出"数字经济、共享跨界、开放融合、政企互动"是这些单项冠军企业可持续发展的四大法宝。

"法宝一：数字经济，新动能促成新模式。"

随着互联网的普及,尤其是疫情使得数字经济成为最耀眼的经济形态。《关于构建更加完善的要素市场化配置体制机制的意见》明确了数据已然成为国家所定义的"生产要素"。同时,也强调了数字经济的运行要依托于新兴的信息网络作为重要载体;数字经济效率的提升有赖于互联网、云计算、大数据、人工智能、区块链以及其他新一代信息技术应用于对数据的采集、存储、分析和共享以及互动过程之中。

以往,数字经济产品和工具仅限于金融、科技等信息化程度较高的行业,或者传统行业的龙头企业。而在此次疫情中,很多数字经济产品和工具成为复工的刚需,它们以前所未有的速度渗透到更多行业和更多环节中。宁波众多单项冠军企业认识到,数字化转型已从疫情前影响企业发展快或慢转变为疫情后影响企业生与死,在追求可持续发展过程中涉及的商业模式与组织运行模式,都必须符合数字化模式运行特征。

目前,宁波许多单项冠军企业都已经成功研发智能制造生产线并投入应用。公牛集团的智能模组化吸顶灯,采用蓝牙模块,消费者可通过自身的用光需求自主调控;慈星股份的3D一体成型电脑针织横机,可以同时完成整件衣服的编织,以三维立体的方式直接呈现给顾客,产品技术国内首创、国际领先;康赛妮公司积极推进纱线生产线"机器换人",提高生产的自动化和集成化水平,推动企业生产从劳动密集型向智能制造发展。贝发集团提出了文器云、文器链、文器库的"文器路径",即用文器云吸收全球设计资源,整合企业丰富的供应链资源与成熟的生产线,通过数字技术将设计师作品转化为优质文创产品,再传输到集团新零售品牌文器库线下实体店销售。

"法宝二:共享跨界,新流动促发新产品。"

数字经济大大降低了搜索成本、信任成本、匹配成本，推动着生产要素在不同企业、不同行业、不同产业间的更高效流动，资源的共享跨界不断涌现。一方面，信息量的大幅增加和平台覆盖面的扩大使劳动力供需双方能够更好、更快地匹配，大大降低了灵活用工的成本，形成了许多新型灵活就业模式和数字化的灵活就业市场。疫情期间，基于整合企业待岗员工资源，"盒马"与酒店、餐饮、百货、影院等行业开展跨行业"共享员工"，向企业待岗员工提供盒马工作岗位。阿里本地生活服务公司推出的"蓝海"就业共享平台则助力全国各地餐饮商户统一为员工就近报名，通过灵活就近的短期用工形式，可选择成为一名"蜂鸟"蓝骑士，或者成为附近一名商超便利店的员工。宁波许多单项冠军企业也通过"共享员工"实现了劳动力的更优化配置。

另一方面，由人这个要素的共享出发，单项冠军企业发展中的其他各个要素正同时通过产业跨界的方式进行。要素的共享推动着产业边界的打破，制造服务化不断推进，即单项冠军企业的可持续发展追求，不断促发着研发、设计、物流外包提供等生产性服务活动的发展，更多符合人民群众美好生活需要的新产品不断涌现。比如，海天塑机开发面向塑机客户的"管工厂"（go-factory）系统，为客户提供注塑设备远程在线状态监测、生产计划透明化、制造过程数字化等高附加值服务。舜宇光学实现从光学产品制造商向智能光学系统方案解决商转变，从而服务更多用户、更多领域。更多软硬件综合集成能力较强的工程服务公司不断助推单项冠军企业数字化转型，更多提供境外法律咨询、产业政策、风险规避、纠纷处理的专业机构以及更多企业管理咨询、品牌策划等高端服务业不断助推单项冠军企业"走出去"。众多单项冠军企业日益实践除了产品创新外，流程和服务的创新，这也是企业实现差异化竞争的重要内容。今后将越来越难把服务与产品准确地区分开来，服务已成为系统解决方案不可缺少的组成部分。

用共享做好产业共同体，以跨界为顾客提供更加完整的包括产品和服务的"组合包"，通过共享跨界实现内生增长、内涵发展，企业实现了从研发生产型企业向制造服务商、系统方案解决商转型，从制造企业向平台企业升级，从打造单项冠军企业向打造单项冠军产业链、产业集群跃升。

"法宝三：开放融合，新格局促动新配置。"

单项冠军企业的聚焦战略可以获得独特优势，但也存在着市场规模的局限，要获得长足发展，必须把目光投向全球市场，通过开放融合实现做强做大。不仅单项冠军企业，很多宁波制造企业都从以往的强外需依赖转向以产业形态与产业结构转变带动贸易结构、贸易方式转变，强调从"引进来"到"走出去、走下去、走进去、走上来、拿回来"，探索通过建立海外工厂、收购海外优质企业、开展与海外企业及研发机构合作等多元化方式进行全球化布局，最终在新的全球格局中更优配置资源、创造财富与分配财富——

或是成为全球名企的关键供应商。即探索与全球知名企业建立长期而牢固的合作关系，深度嵌入全球跨国公司的供应链体系，致力于成为世界级的优质供应商。如，旭升股份、拓普集团、均胜电子和宁波华翔，这些企业之所以能与许多受新冠肺炎疫情影响遭遇订单荒的企业不同而实现逆势增长，其重要原因就是它们都是特斯拉的主要供应商。随着特斯拉在中国产销量的增长，与特斯拉深度绑定的汽配单项冠军企业必将迎来新一轮发展良机。再如，舜宇光学在陆续并购韩国力量光学和日本柯尼卡美能达手机镜头生产基地的基础上，通过不断提升企业技术、产能、响应速度，实现与海内外巨头深度绑定。而巨头扶持又给这些企业提供着提高技术壁垒、拓展市场份额、优化管理水平的发展良机。目前随着苹果、三星、华为、特斯拉各领域巨头围绕新技术、新场景和新产品展开的新一轮激烈竞争，相关配套单项冠军企业正逐渐确立优势，有机会得到新发展。

或是依托高能级的销售平台。即根据产品特点，充分借助全球知名经销商、高级别的会议等平台资源，不断抢占全球市场份额。贝发集团即为此种模式的典型代表。通过赞助高端会议，贝发集团已相继成为上海 APEC 会议、北京奥运会、G20 杭州峰会、厦门金砖五国峰会、上合组织青岛峰会等国际性会议活动的签字笔供应商；通过不断加大中高端产品创新力度，大力布局办公和高端笔市场，贝发集团已成为"国笔""国礼"的代表之一。

或是综合协调资源。如，百隆东方配合下游纺织行业向东南亚转移产能的实际情况，在越南累计投入近 7 亿美元，建成 90 万纱锭产能，境外业务毛利率明显高于境内业务。慈星、东方日升、博威合金、爱柯迪、美康生物等多家企业，通过收购、新办境外企业等多种方式，降低成本、引进技术、开发市场，使企业有效应对了当前国际国内形势变化。

"法宝四：政企互动，新理念促现新态势。"

宁波单项冠军企业的可持续发展不仅取决于企业层面的创新能力、经营能力和竞争能力，还得益于企业与政府的良性互动。按照"建设人民满意的创新服务型政府"理念，地方政府结合形势变化，不断理清"政"的边界，通过三大职责促进单项冠军企业良好发展态势不断呈现。一是战略规划者。与企业共同把握宁波城市的发展潜力在哪里、产业发展重点在哪里，引导突出了实力比较雄厚的企业在产业组织活动中的生态中枢作用和"专精特新"中小企业在跳跃式、颠覆式创新中的首创精神；权衡把握了关于激励创新的供给面政策和需求面政策的资源配置，重点推广应用一批具有带动消费、提高体验、服务升级、市场扩容的新场景。加快建设电子世界贸易平台、数字自由贸易区、数字贸易丝绸之路等国际贸易平台，构筑与全球接轨的数字贸易开放体系；同时密切跟踪分析美国等国家关税政策和技术封锁动态，并及时对涉及新兴领域、关键材料、核心技术、高端设备、特种装备等领域的相关企业给予提醒，以便企业做好应对措施。二是要素保障者。政企合作积极培养产业人才与引进产业人才，持续开发人才红利；政企加大中小微企业风险补偿力度与积极创新金融产品；在数据清洗及剔除个人化信息基础上，向国家机关、社会团体和企事业单位等法人组织开放共享数据资源。三是秩序规范者。规范市场主体交易行为，完善数据合规应用监督，建立完善惠企政策落地的督查机制；并通过保护知识产权、技术产权、管理产权等各类产权，稳定创业创新者的利益预期，弘扬企业家精神。

举全城之力

王凌所说的这个政企良性互动，已经上升为一个城市的战略决策。《聚焦关键核心技术　打造制造业单项冠军之城行动方案（2020~2025）》宣告，宁波力争到2022年，国家级制造业单项冠军企业数量实现翻一番,攻克关键核心技术100项以上,年均开发重点新产品1000项以上,培育打造若干条重点产业链。力争到2025年,国家级单项冠军企业数量达到130家,形成若干条细分领域的标志性产业链,单项冠军企业对制造业增长贡献度达到40%以上,成为全国制造业单项冠军之城。

一边是自主生长的企业,一边是服务主导的政府,为什么要将二者结合起来打造制造业单项冠军之城?

这不是一个凭空而出的楼阁,而是宁波战略发展的集成与延续。

"我们主要有三方面考虑。"宁波市经信局相关负责人说。

一是上级有部署有要求。习近平总书记反复强调,"关键核心技术是国之重器,对推动我国经济高质量发展、保障国家安全都具有十分重要的意义,必须切实提高我国关键核心技术创新能力,把科技发展主动权牢牢掌握在自己手里。"近年来,党中央、国务院围绕推进制造强国建设,就加强"从0到1"基础研究、突破关键核心技术"卡脖子"问题、培育提升制造业单项冠军企业等做出了一系列战略部署。浙江省委、省政府也专门部署制造业高质量发展工作,并将"建设成为全球先进制造业基地"列为建设"重要窗口"的重大标志性成果之一。宁波作为中国制造试点示范城市、国家自主创新示范区,有责任有义务在培育制造业单项冠军企业方面担当作为、走在前列,为服务全国、全省大局贡献更多力量。

二是形势有变化有需要。当前,新一轮科技革命和产业变革风起云涌,国际科技和产业竞争异常激烈。特别是在新冠肺炎疫情冲击下,经济全球化遭遇逆流,少数西方发达国家对我国进行全方位的遏制、封堵、打压,经济"脱钩"风险持续加大,产业链安全问题日益突出。

打造制造业单项冠军之城，是应对形势变化的重大战略举措，就是要在危机中育新机、于变局中开新局，推动更多宁波企业成为全球行业的领跑者、中国产业链安全的维护者。

三是宁波有基础有优势。2020年3月29日至4月1日，习近平总书记在浙江宁波考察调研，充分肯定宁波制造业单项冠军培育工作，称赞宁波有很多"小而精"企业。宁波要进一步优化产业发展生态，支持推动更多优质企业快速成长、脱颖而出，全面增强宁波制造业的竞争力和抗风险能力。

是的，就在2020年3月29日，习近平总书记来到了宁波北仑大碶高端汽配模具园区，他强调：中小企业在我国产业发展中有重要的战略地位。他称赞：我国中小企业有灵气、有活力，善于迎难而上、自强不息。

那一瞬间，在宁波臻至机械模具有限公司的车间里，总经理张群峰忽然有点不相信自己。只有三个人，靠敲敲打打生产路灯、熨斗这些民用模具起家的小作坊，在20多年后居然"走"到了总书记的面前。

根据工信部数据，我国现有的4000多万家企业中，95%以上是中小企业。作为制造业大市的宁波，有8690家规上工业企业，其中中小企业占全部规上工业企业数的98.4%。

"中小企业好，中国经济才会好，中小企业稳，宏观经济大盘才会稳。"宁波的中小企业是如何给单项冠军铺垫基石的？

在宁波的版图上，北仑区位于陆地最东端，三面环海，因辖区内有北仑港而得名。2021年，北仑区的GDP为2382.5亿元，居全市第二位，在浙江的县市区中排名第四。

走进北仑，集卡车川流不息，各园区里工厂林立、机器轰鸣，"沸腾"感扑面而来。

根据工业和信息化部《关于印发中小企业划型标准规定的通知》，工业领域中小企业为从业人员1000人以下或者年营业收入4亿元以下的企业。目前，北仑区中小企业的总数已超过17000家，其中工业领域的中小企业超过8000家。

"这些企业呈现出百舸争流、千帆竞发的局面。"经信部门摆出了一串数字：2021年，北仑区规上工业中小企业实现产值约1837亿元，约占全部规上工业产值的五成；实现固定资产投资81亿元，占全区固定资产投资的24.9%、全区工业固定资产投资的50.8%；实现纳税44.75亿元，占全区企业纳税总额的35.8%。

35岁的河南姑娘申小迪一毕业就来到了宁波华耀纺织有限公司。入党、评先进、做志愿者，干得风生水起，去年还被评为北仑十佳外来务工人员"就业之星"。用脚投票，像申小迪这样来北仑的人越来越多。数据显示，目前北仑全区制造业中小企业共吸纳就业37万余人，占全区工业总用工数的82.8%，其中规上工业中小企业用工数占全区规上工业用工总数的64.3%，对就业的拉动可见一斑。

海天集团产业链企业140家、贝发集团产业链企业125家、吉利汽车产业链企业55家、申洲集团产业链企业48家……北仑区的中小企业呈现出了显著的集群优势。一方面，企业的行业集中度较高，化工、机电、电子、汽配、专用设备、通用设备、金属加工、文具、纺织服装等九大行业产值，占整个规上工业中小企业总产值的七成以上。另一方面，龙头企业引领形成产业链企业集群特征显著，龙头企业带动中小企业发展、中小企业促进全产业提升。

加之"凤凰行动""高成长计划"，中小企业入园发展和"小升规""规上市"工作，政府多项举措助推了一大批中小企业迈上发展快车道。北仑区现有上市企业17家，上市后备企业超过30家，单项冠军、隐形冠军、"小巨人"企业37家，每一项都居宁波市前列。

来到宁波东方电缆股份有限公司"未来工厂"，站在企业自有的码头上，东海一望无际。这个2021年9月投产的新厂区，是我国最大的海缆智能化生产基地。总经理助理张悦介绍说："它能将企业的年产值增加100亿元。"作为一家聚焦陆缆系统、海缆系统和海洋工程的国家高新技术企业，东方电缆生产的海洋脐带缆被评为国家级制造业单项冠军产品。公司产品远销多个国家和地区，出口量稳步增长，提升了我国海洋领域高端能源装备的国际竞争力。

40公里外，同为国家级制造业单项冠军示范企业的宁波旭升汽车技术股份有限公司5号工厂，即将投入生产的大楼正在装修收尾，公司的蓝图在一楼跃然墙上。早在2013年，旭升就开辟了新能源汽车和汽车轻量化的新赛道，是国内目前唯一集压铸、锻造、挤出三大工艺于一体的铝合金汽车零部件供应商，已构建覆盖全球的研发、销售体系，与诸多全球知名主机厂建立了战略合作关系，在国际产业链、创新链上占据重要地位。

"9个工厂全部建成并达产后，公司的年产值可达近百亿元，并帮助公司在汽车新能源轻量化领域更上一层。"董事长特助傅倩倩说。

一个城市的经济活力，既体现在航母级企业的数量和质量上，更爆发在中小企业的活力和竞争力上。那么，这个"模块"为何能垒起宁波工业成长、城市发展的"大厦"？

厚植开发开放优势。北仑区是在改革开放后经宁波市区划调整而成立的。1985年宁波设立滨海区，1987年更名北仑区。与滨海区同步，宁波经济技术开发区成立，这是我国首批设立的国家级经济技术开发区之一。2020年，浙江自贸试验区在全国率先实现扩区，宁波片区承担了"国际航运和物流枢纽、国际油气资源配置中心、国际供应链创新中心、全球新材料科创中心、全球智能制造高质量发展示范区"的战略功能。2022年1月23日，新的宁波经济技术开发区管理委员会、中国（浙江）自由贸易试验区宁波片区管理委员会揭牌成立。

不同的时代做出了同样的抉择——将开发开放的历史使命赋予了这片土地。"中国自贸，宁波实践"。如今，宁波已成为全国第三个先行先试新型离岸国际贸易发展新政的地区，入选首批全国供应链创新与应用示范城市，复制推广了全国自贸试验区改革219项。浙江省首个合格境外有限合伙人也在这里投资落地。随着注册、通关、金融、物流成本等一系列改革措施陆续落地，46平方公里的片区内企业总数已达37912家。这片开发开放的热土造就了企业的活力。

宁波铼微半导体有限公司于2019年6月在北仑区成立，是一家专注于第三代半导体赛道的企业，主要从事氮化镓器件等的研发、应用与产业化，技术处于国际领先水平。行政总监赵锐表示，正是落地宁波享受到了很多政策红利，才实现了企业快速成长。如今公司已开始批量生产，待产能布局完成后，预计将在全球占据可观市场份额。

这样瞄准新兴赛道且具备核心竞争力的企业，在宁波还有很多。它们是潜在的专精特新"小巨人"企业和单项冠军企业，在创建、创新投入、人才、资金、平台服务等方面得到了重点支持。如果进入单项冠军企业培育库，它们还将享受到宁波公共服务平台针对企业发展需求量身定制的"资本、数字化、人才、创新、宣传"服务组合拳，实现更加高效的进阶。

拉动增长关键引擎。事实证明，浙江自贸试验区宁波片区战略功能定位与宁波全市经济社会高质量发展、建设共同富裕先行市相呼应，产生强烈的"场效应"。

宁波市统计局、国家统计局宁波调查队发布的2021年经济运行情况显示，在全市实现GDP总量14594.9亿元、增量2186.3亿元、增速8.2%的总格局下，工业经济呈现产销两旺局面，大型企业增加值增长7.8%、中型企业增长17.1%、小型企业增长13.1%。"足见工业已成为拉动宁波经济增长的关键引擎，也是宁波经济在面对复杂严峻的国际环境和疫情影响时依然保持强大韧性的重要支撑。"宁波市经信局相关人员说。

也正源于此，从2017年开始宁波启动制造业单项冠军企业培育工作开始，5年奋斗历程，就连续4年实现了国家级制造业单项冠军及冠军产品总量列全国第一。

全球行业的领跑者、中国产业链安全生产的维护者，这是时代赋予宁波制造业企业的定位。

为什么是宁波？这是宁波人、宁波当地媒体喜欢问的一个问题。在获得中国综合改革试点城市的时候、在获得国家首批创新型试点城市的时候、在获得全国法治政府建设示范市的时候、在高分夺得全国文明城市六连冠的时候，在被列为国家级临空示范区的时候、在被列为创建国家文化与金融合作示范区的时候，在首个中国制造2025试点城市花落宁波的时候、在首个国家保险创新综合试验区落户宁波的时候、在首个"16+1"经贸合作区落地宁波的时候……这个问题一次次地被问起。

这看似是一个问题，却是宁波人的"傲娇"，因为每一次提问的背后都是一项国家级的荣誉。

此时,在宁波制造业单项冠军数量位居全国之首的时候,在打造制造业单项冠军之城的时候,这个问题再次摆在了眼前。

为什么是宁波?

一起来寻找答案。

第三章 基 因

一座城,总是因水而灵动。

和江南所有的城一样,宁波总是"凉波弄轻棹,湖月生远碧"般惬意。

又和江南的城不一样,因了城区内三江六塘河的丰沛,因了余姚江、奉化江、甬江汇成"Y"形最终和浩瀚的东海沟通相连,宁波更多了一份豪放。

如果江水有记忆,它一定会想起1844年的1月1日,178年前的那一个元旦。宁波的那一天似乎跟日复一日的过去没什么两样。万年的东海还是那样惊涛拍岸;同千年句章古城一起陪伴至今的姚江、甬江、奉化江仍旧在穿城而过;穿着长袍马褂的人们习惯性地顶着大清朝标志性的辫子,或奔向私塾、或出海打鱼、或开门卖货、或织布纺棉。

真的没改变吗?

山河已经似是而非。不论那大相径庭的金发碧眼,不论那鸭子听雷的洋腔洋调,不论那不知所云的花花国旗,只告诉你,在三江交汇处汇集而成的Y形地带从那天开始有了一个新名称,这里就已经变了。

这里叫什么了?外国人嘴里嘀咕的"Y-town,Y-town"是什么意思?听起来好像是"wai-tan"这两个音啊。

宁波府的大清子民知道和洋人打仗败掉了,却不知那段惨烈的战事叫鸦片战争；知道皇上同洋人签下了一个不平等的条约，却不知在这个条约里宁波已经向外国人打开了大门。

在1842年签署的《中英南京条约》里，有这么一段文字："自今以后，大皇帝恩准英国人民带同所属家眷，寄居大清沿海之广州、福州、厦门、宁波、上海等五处港口，贸易通商无碍。"这段史称"五口通商"的历史，开启了东南沿海的开埠时代，也标注出中国迈入近代史的起点时段与事件。

1844年元旦，宁波正式开埠，指定三江交汇处为外国人通商居留地。外国人根据地形称此地为Y-town（Y形的城的意思），后被国人音译为外滩。

从此中国字典里有了"外滩"这个名词。从此这个自唐宋以来就繁华不断的港口叫作宁波老外滩。

仅仅是称呼变了吗？

"1844年2月，英国在老外滩设立领事馆，随后，美、法、德、西班牙、荷兰、瑞典、挪威、日、俄等国也相继设立领事或副领事。1860年11月，清政府在这里设立浙海关。"国家二级教授、宁波大学宁波帮研究中心原主任戴光中对这段历史研究颇深。老外滩的形成与兴起使得东西方文明在这里发生激烈碰撞与艰难磨合，客观上成了古老宁波从传统走向现代的助推器。但外滩的存在，首要的作用是使宁波开始直接面对世界市场。宁波开埠后，许多洋行与公司进入宁波外滩。他们早期主要经营鸦片和棉纺织品，后来发展到航运、金融保险、编织等行业。在外商的示范下，本地商人也积极行动起来，使宁波对外贸易有了较大发展。以宁波草帽出口为例，1868年仅出口4万顶、价值400两白银，到1877年增加至1372万顶、价值18.3万两白银。

烟囱竖起来

江北区下江路,余姚江畔,宁波首个水上运动主题公园在这里依江而建。除了皮划艇、桨板、龙舟等水上项目,枫树、榉树、紫叶李围成的陆上区域更是居民休闲的好去处。

2020年底,一块"垫脚石"在这里被散步的路人意外发现。

虽然有残缺,据说已经在这里躺了四五年,上面盖满了水泥,但是拂去尘埃,"通久源界"四个字依旧清晰地露出来。

一段历史也随着尘去而清晰。经相关文史专家认定,这块石碑是通久源纱厂的边界碑。

宁波市政协文史委特邀委员、原江北区文史委负责人谢振声面对媒体讲述了自己的考证。

严信厚,被称为中国近代企业的开拓者。他1838年生于浙江慈溪费市,也就是现在的宁波市江北区庄桥街道。以宁波一个钱庄学徒身份而逐渐被胡雪岩、李鸿章所赏识、重用,他的"暂依秋水宿汀州,终共鲲鹏变化游。衔得一枝输作税,不教关吏苦羁留"便是其风雅品格、大气格局的佐证。凭借这些,他的商业王国遍布半个中国。

年近半百,1887年,他回家乡创办企业,选的是机器轧花厂这个项目。

彼时的中国,一直都是以"机杼之声,毗户相闻"的手工棉纺织业为主导。但是,以洋枪洋炮开路的洋货洋布,在鸦片战争后横行了中国市场,传统的手工棉纺织业受到致命的打击。

严信厚将目光从之前的票号转向了实业。看中了宁波作为商埠的通航能力，看中了附近农村普遍种植棉花的原料供应能力，他集资5万银两，把湾头下江村一个原来手工轧棉花的工场改建为机器轧花厂。中国第一家机器轧花厂就这样诞生了。

1887年3月，余姚江畔鞭炮雷鸣，通久源轧花厂开工了。走进去的人们不禁啧啧赞叹。那日本造的蒸汽发动机和锅炉，那洋式砖楼，那分工明确的轧花间、晾干间、打包间和办事处，无不昭示着中国近代民族工业起点的风光。自投产开始，机器的轰鸣声就没有停过，眼见它买下的周围大面积的地基不断地扩大，也就有了边界碑。

7年后的1894年，凭借自己在上海创办的"源丰润票号"建起的钱庄网络，严信厚联合巨商富贾集资45万两白银，创立了通久源纺纱织布局，将轧花、纺纱、织布相连为一。这是整个浙江省最早的纱厂，直到1917年3月，通久源纱厂起火被焚。

那块界碑却走到了今天。

1905年，在距离通久源几公里的甬江边，有一支烟囱竖了起来。

和严信厚一样，当西方工业在坚船利炮的前导下敲开晚清的大门，实业救国就成为当时的民族抉择。鄞县商人戴瑞卿发起，联络了463位股东，筹集60万银圆创办了和丰纱厂。到20世纪20年代，和丰纱厂已拥有职工2000余人，成为当时浙江省最大的机器纺纱厂。

宁波的近代民族工业就这样从"三支半烟囱"——纱厂、电厂、面粉厂和季节性生产的榨油厂起步。

100多年后，和丰纱厂作为工业遗存，保留在今天的和丰创意广场。在位于宁波市江东北路西侧128亩的宽阔地面上，五幢高耸的现代化商业办公楼分别以和、丰、创、意、谷来命名。往西走百米，一个洁白珍珠贝造型的建筑空间、一栋红灰砖相间的二层小楼、一支大烟囱错落有致,让人想象着当年的模样。

百年和丰史,与宁波制造的曲线同频共振。促进全市制造业转型升级,和丰创意广场是宁波专门打造的工业设计与创意产业的主平台,被认定为全国首批小微企业创新创业示范基地、国家现代服务业产业化基地,2020年被工信部工业文化发展中心评为"设计文化推广示范中心"。如今,这里集聚了来自国内外的知名工业设计及文创配套机构126家,涵盖汽车、船舶、服装、医疗器械等10多个领域。这里的设计企业不但贡献了全市80%的设计营业收入,在全市设计营收的排名中,前十位中和丰企业就占了八席。

在由当初纱厂车间改造的宁波工业设计博物馆里,数字证明着和丰创意广场已成为宁波工业设计的一张金名片,无论从质还是量都代表了宁波的高水平,为制造业高质量发展赋值赋能。

当初建纱厂的时候,为取一个吉祥的名字创业者颇费心思。最后,"和众丰财"4个字题写在老厂房的高墙上,对人、对物的良好祝愿都浓缩在了"和"与"丰"上。

宁波帮

甬江、余姚江、奉化江浩荡汇合,一路向东,奔腾入海。

"小白菜,嫩艾艾,丈夫出门到上海;十元廿元带进来,上海末事加小菜;邻舍隔壁分点开,介好老公阿里来。"透过这首始于清朝末年的宁波民谣,我们看到了一组群像。那是宁波人从港口出发,从单薄的舢板船摇起,从明清开始就辗辗转转走出去的商贸足迹。

与别处的背井离乡不同,宁波人是带着海天一色的豪气,抛却了走西口的哀怨与闯关东的悲壮,走出了"无宁不成市"的宁波帮群像,并撼动了中国近代工商史。

宁波、上海一苇可航。

1843年上海开埠,中外贸易的中心逐渐从广州转移到上海,让早期的宁波商人看到了新的商务契机。于是,从宁波出发的船载着越来越多的宁波人来到上海。数据显示,1920年的上海公共租界有华人68万,其中宁波人就有40万。迅速的介入让他们在金融、贸易、航运、制造等行业崭露头角,宁波人由此创造了百余个中国第一——第一艘商业轮船、第一家机器轧花厂、第一家商业银行、第一家日用化工厂、第一批保险公司、第一家由华人开设的证交所、第一家信托公司、第一家味精厂、第一家灯泡厂……

以上海为中心,宁波人的足迹继续漂洋过海,在中国香港、日本、东南亚直至欧美安营扎寨,并创造了一个又一个传奇。

就连孙中山先生都曾经评价:"凡吾国各埠,莫不有甬人事业,即欧洲各国,亦多甬商足迹,其能力与影响之大,固可首屈一指者也。"

甬,就是宁波。据记载这是自西周开始就有的称谓。

但是,"甬"为何意,却有着不同的争论。

翻开中国文字发展史,名家对其的注释也不尽相同。

《说文解字》是我国第一部按部首编排的字典。东汉许慎作为中国文字学的开拓者,在书中将"甬"解释为草木之花含苞欲放的样子。

南唐的徐锴写了《说文解字系传》,这是存世最早的、对《说文解字》的第一个注本。他在这里把"甬"解释为水涌出的样子:"甬之言涌也,若水涌出也。"他同时还标注了一句:"《周礼》,钟柄为甬。"

此后的汉字学中，还出现了"钟的象形初文""用甬本是一字"的诸多说法。一直到20世纪，宁夏大学的左民安著《细说汉字》，认为在金文里，"甬"就像一只桶，下部为桶体，上部是可提的桶把。他甚至直接把这个字归于"木"的偏旁部首来查询。

尽管释义不同，但是有一点却是共识，那就是这是一个标准的象形字。桶也罢、钟也罢，花开也好、水涌也好，在宁波的土地上，当时称为鄞、奉两县的交界处，一座大山被称为甬山、脚下的江水被叫作甬江，环绕的这片土地就是甬。

视线拉回到那百余个中国第一。透过文字，一个个熟悉的名字、一张张历史的面孔鲜活了起来。贝时璋、王宽诚、谈家桢、包玉刚、邵逸夫、曹光彪、李达三、虞洽卿、严信厚……这些如雷贯耳的人居然都出自宁波。

这些离家在外的宁波人有一个共同的名字——宁波帮。

帮？团团伙伙、打打杀杀的意思？这个称呼不好听？

那你可想歪了。这些走出去的宁波人以勇于拼搏、正派经营、凭智慧赚钱而闻名。他们不仅创造了巨大的财富，还留下了闪光的品牌。

知道吗？同仁堂、老凤祥、亨得利、商务印书馆，可都是宁波人创办的。在浩瀚的星空中，还有以王宽诚、邵逸夫、曹光彪、李达三的名字命名的小行星。

1984年，邓小平提出："把全世界的宁波帮都动员起来建设宁波。"

家国情怀宁波帮。

在宁波帮博物馆，可圈可点的人还有很多。馆长王辉对每个都如数家珍："从近代开始，在各个重要的节点，在各个领域，都有宁波人的身影。"这个中国近代最大的商帮,这个新式商人群体,推动了中国工商业的近代化,也沉淀并彰显了宁波人在制造、在商业上的基因。

栉风沐雨,与时代共沉浮。到了改革开放的时候,这个基因盛开了。

从改革开放开始,宁波的经济就茂盛地生长。那是一派热气腾腾的繁华,制造、商贸成为那个时代、这个地方的关键词。其中,民营企业成为经济舞台上璀璨的主角,制造业作为主流一骑绝尘。

然后,就有了今天的单项冠军。

先 哲

还能回溯。

宁波市区西北方向 60 公里,是宁波所辖的余姚市。这个从东汉时期的公元 200 年就开始筑城的县级市,除了拥有七千年历史的河姆渡遗址,还诞生了至今仍然熠熠发光的思想家、文学家、军事家、教育家——王阳明。在他生活的明代,他提出了致良知的哲学命题和知行合一的方法论。这些思想到现在还深深地影响着人们。

这是灵魂深处给基因带来的光芒。

还是余姚这块土地,一百多年后,梨洲先生黄宗羲在明末清初提出了"工商皆本"。因为他"天下为主,君为客"的政治思想、"天下之法"的法制思想、"工商皆本"的经济思想,黄宗羲被称为中国思想启蒙之父。

工商皆本,在"万般皆下品,唯有读书高"笼罩了上千年的气层中挣扎出来，似一道闪电照亮了宁波。工商业的地位由此提高，宁波也成了极少数崇商敬贾的地区之一。

在宁波市委党校的王凌看来，知行合一、工商皆本、实功实用、经世致用，成就了宁波人的性格，也成就了"勤奋务实、互助互信、文明理财、志存高远"的甬商精神。依托着宁波商帮文化与海洋文化带来的包容性与开放性的品格，当地的民营经济在发展过程中博采众长，并能够与其他经济发展因素共生共荣、相互融合协调，从而得到共同与持续的发展。这之后，才走出了宁波帮的群像。

还可以再往前回溯。

余姚市河姆渡镇。七千年的乾坤已经是天翻地覆，但河姆渡遗址却静静地在那里，遗世独立。1973年，考古学家在这里发掘了新石器时代的留存，这里也成了我国最早发现的新石器时代文化遗址之一。

一只木碗在土里沉默了七千年，已经讲不出主人的故事，却用它漆的外衣告诉后人，中国第一只漆木碗在宁波河姆渡、先人在七千年前就已经掌握了制漆的技术。

这是宁波人基因图谱里的另一组要素 —— 对手工艺的执着。

十里红妆，是旧时浙江宁绍平原地区大户人家嫁女娶亲时的壮观场面。在这些嫁妆中，大至床铺，小至线板、纺锤，完工之后都要进行外表装饰 —— 就是在木胎漆坯上堆塑、沥粉，通体刷上红漆，局部贴金，看上去流光溢彩、喜庆繁华。这种制作技艺，在宁波当地称为泥金彩漆，可谓是十里红妆中的"奢侈品"。

黄才良，宁波宁海东方艺术博物馆馆长、国家级非物质文化遗产保护项目泥金彩漆的代表性传承人。在他的眼里，那些漆都是有生命的:"泥金彩漆从7000多年前河姆渡时期的那只漆木碗起源,到明清之际到达鼎盛,有文字记载已经550年。"

泥金彩漆的制作工艺非常考究,是一种结合了泥金工艺和彩溶工艺的漆器工艺,对气候与环境条件要求极高,有一套独特、复杂的工艺流程。手艺人用自制的漆泥,在木胎漆坯上堆塑山水、花鸟、人物、楼阁等图饰,再贴金、上彩,要经过20多道工序。通常,做一件小型作品需要几天时间,一件大型作品则要花上几个月甚至半年时间。

虽然制作工序繁杂,但泥金彩漆制成的器物典雅古朴、绚丽多彩,颇有汉唐雕刻艺术之遗韵。随着婚庆习俗与日用品材质的变化,传承日益困难,目前仅宁海还保留着这项传统手工艺。

黄才良带着徒弟"唤醒"了泥金彩漆的全过程,尤其是重新整理挖掘了泥金彩漆最独特的工艺方法——浮花工艺中的"堆泥",在制作好的素面器物上堆塑造型,惟妙惟肖。这是泥金彩漆最核心的手工艺,也是区别于其他漆器的最大所在。

把生漆、桐油、瓦片灰或蛎灰等原材料按一定比例配好后,就要开始敲泥了。泥金彩漆嘛,泥是第一步的。一堆原料愣是靠手里的锤,在石板上一锤一锤地最终敲成泥,大半天的时间足以让手上起好几个泡。而每一次,温度、湿度、力度的不同都会让敲泥的留存时间、软硬度不同,全凭经验。

然后就是坐在桌前,对着提梁桶、镇尺、瓜子盒、香炉、饭篮子等一个个平面在上面"做加法"——照着描好的图样,一层一层地往上堆泥。山水、花鸟、人物、楼阁,就通过工匠灵巧的手给那些原本"一马平川"的器物堆出了生气与活力。

一般情况,一件器具做好堆泥工序需要一星期时间,但要让漆泥真正干透,变得像石头一样硬,至少需要三个月以上的时间。彻底干硬后才能贴金,最终让泥金彩漆器具历经几十年甚至上百年都不变色、不变形。

匠心,就这样一点点堆出。

还有金银彩绣、朱金木雕、骨木嵌镶、草席竹编,一个个需要用心、用手赋予器物灵魂的行当,都被宁波人传承下来。

也因此,宁波人心灵手巧。木匠、漆匠、石匠、泥水匠、雕花匠,他们"行山云作路,垒石海为田",亦农亦匠、亦工亦商,执着地坚守,然后静待花开。

所以,在改革开放的大门打开的时候,宁波人大多选择了制造业。

如果给宁波制造的基因画坐标,时间的横轴与人的竖轴组成的扇面上、海的宽广与山的坚定合成的背景下,一个个制造高峰在无限延伸。

第四章 起点

他 们

1层到25层,133.8米,33秒到达,几乎无声、无感。换个电梯再上2层,就这样来到宁波欣达(集团)有限公司宏大电梯产业园的顶楼,东吴镇的景色尽收眼底。远处,将全镇包揽在怀的太白山郁郁葱葱,也将光阴的故事围住。

以古代国名命名一个乡镇,这在中国地名史上比较少见。关于东吴镇的由来,最为广泛的传说源于孙权的义子俞韶。三国时期,经历了无数次金戈铁马之后,吴国灭亡了。残存的人们只能远走他乡,孙权的义子俞韶也就避难到了这里。看中了这里的山清水秀、五凤朝阳,他隐居于此并给这个地方起名东吴,感觉自己依旧在故国的怀抱。

答案其实不必真实,生动就好。

在宁波天一阁博物馆收藏的《四明东吴俞氏宗谱》里,第一卷就写明,东吴俞氏始祖俞鼎生于建隆二年四月十一日子时,"以贤才举仕,官至明州观察推官",之后才举家搬到了东吴。建隆是北宋开国皇帝赵匡胤的年号,俞韶或许真是传说。可是又有什么关系呢?东吴这个名字一直沿用至今,一如她的风景依旧。

就在这里,1972年,鄞州区东吴镇的西村建起了农机胶木修配厂。模具工赵吉康成为这个厂的第一名员工。那个时候,他的大儿子、如今的欣达电梯总裁赵宏明才4岁。

忙,是赵宏明儿时对父亲最深的记忆。白天看不到不说,晚上在家里,常常是吃着饭就被人叫走了,夜半已经休息了还是会被人喊醒。模具坏了修模具,设备坏了修设备。

"他小的时候学过木匠。对一切手工的东西都感兴趣。那个时候,我们家的电视机都是他自己亲手组装的。"

4年后,父亲做了厂长。赵宏明和弟弟就一起在厂院里长大了。1978年,企业开始进入电梯行业,10年后改名为宁波欣达电梯配件厂。1993年宁波市暨鄞州区出台政策,原来的集体企业全面转制成为独立面向市场的民营企业。此时,赵宏明已经进厂,成为父亲的得力助手。

距离欣达集团两公里,鄞州区东吴镇的北村,是宁波又一家国家级的单项冠军企业——日月重工股份有限公司所在的地方。

现在想要进日月股份公司的门,程序很严格。看健康码、测体温、戴口罩,一个环节都不能少,门口的保安一脸认真。

"工作业绩好的,无论是保安还是食堂阿姨,公司都有奖励股权的。"从门口走向办公室的路上,公司行政总监韩松无意间的介绍让我们好像窥到了这个企业的部分"秘籍"。

日月,同辉也好,共明也好,蕴含着无限的希望。不过它的"曾用名"有些"土"——鄞县马铁厂,一个1984年成立的乡镇小厂,生产水管弯头,也就是水管转弯处的连接件。到20世纪80年代末的时候,这个注册资本60万的企业已经负债300万。1989年,镇政府把傅明康派来做厂长,这个机械制造专业毕业的行家担起了重任。

20世纪90年代初的时候,宁波的注塑机行业发展了起来。傅明康果断转型,开始给宁波的海天塑机做配套。30年后,日月股份与海天塑机双双入选国家级单项冠军(产品)企业。这是一个彼此成全、共同成长的励志故事。

1993年,响应宁波市的改制政策,日月成了民营企业。傅明康是用自己的房子和家产做抵押,把这个厂买了下来。

"如果企业搞不好,他连住的地方都没有。"在韩松看来,在如今所有了解这段历史的人看来,这是一种破釜沉舟。

改制的时候,鄞县马铁厂需要一个全新的名字。包括傅明康在内的5个朋友在办公室里谈论了半天。

实在讨论不出来了:"要不我们每个人写一个,看看谁的最好?"

"这个主意好,来,自己写自己的,不许偷看啊。"

"来,瞧瞧,看看,哪个好?"5个名字摆出来,又泄气了,没有让人眼前一亮的。

"咦?"有人发现了,这5个人中有4个人的人名里带有"明"字。

"对,宁波古称明州。"

"宁波城里还有古老的日湖和月湖。"

"就这么定了。"日月,朗朗上口,简单又明亮。

随后的一年,1994年,日月的老"搭档"——海天塑机也从1966年的农村社队企业转制,完成了股份制的改造。

中共中央党史研究室编著的《中国共产党的九十年　改革开放和社会主义现代化建设新时期》一书里有段这样的描述:"农村改革取

得的一个人们未曾预料到的收获,就是乡镇企业的崛起。乡镇企业的前身有相当一部分是人民公社时期的社队企业。进入20世纪80年代后,随着家庭联产承包责任制的推行,一大批农村劳动力从土地上解放出来,从事工业、商业和服务业,使农村中集体的、个体的及私营的企业如雨后春笋般地成长起来。"

这是我国农村经济的一个历史性变化,更是宁波今天的制造业企业最具代表性的原始路径。

1976年的金星平阳厂综合加工厂,今天的宁波申菱机电科技股份有限公司;

20世纪70年代的下应街道缝纫机零件厂,今天的德鹰精密机械有限公司;

1981年的宁海辛岭五金厂,今天的得力集团有限公司;

宁波有一大半的单项冠军企业是沿着这个起点走过来的。

浪花与浪潮

"萌芽于20世纪50年代的宁波乡镇企业在经历了60年代的衰落与70年代的再生后,又崛起于80年代。"宁波市委党校的王凌在系统研究了宁波民营经济改革开放40年历程后发现,他们的节奏是和国家的发展同步的。

十一届三中全会后,中国进入了"国民经济的调整和改革开放的起步"阶段。改革,首先在农村取得了突破性的进展。

"到1987年,宁波的个体户已从1978年的187户发展到10.57

万户。"

"到 1987 年,宁波乡镇企业已从 1978 年的 7712 家上升到 47527 家。同时,股份制经济、私营经济和外资经济开始出现。"

"宁波乡镇企业产值以年均 29.07% 的速度递增,极大地释放了农村劳动力。"

王凌的研究数据为那个时代进行了注解。乡镇企业的较早起步,对宁波经济有着特殊且重要的意义。因为乡镇企业不仅是宁波农村经济、县域经济发展的主要支撑,更是宁波整个工业经济的主要支撑。

相信每朵浪花都是有着时代使命的,所以大海里的浪潮才会一浪高于一浪。

1992 年,东方风来满眼春。

这以后,党的十四大确立建立社会主义市场经济的改革目标。1993 年,十四届三中全会摒弃了将非公有制经济作为公有制经济补充的观点,提出坚持以公有制为主体,多种经济成分共同发展的方针,指出国家要为各种所有制经济平等参与市场竞争创造条件,对各类企业一视同仁。

改革开放的新阶段来了。一向喜欢乘风破浪立潮头的宁波行动起来了。

从 1993 年起,宁波对乡镇企业开始了大规模的产权制度改革。截至 1997 年底,宁波的乡镇企业通过拍卖、租赁、股份制改制等多种形式,转制面已经达到 92.75%。到 2000 年,宁波乡镇企业改革已经全部完成,基本上转化为民营企业。

也因此,宁波国家级单项冠军企业中,企业主体高度集中,绝大多数的"户口本"上都写着民营。

正如中国要打造国家级单项冠军企业，宁波也有着市一级的单项冠军企业和单项冠军培育企业。

《宁波市制造业单项冠军企业发展报告（2020）》显示，截至2020年，宁波市有384家单项冠军及培育企业。其中，"77.86%（299家）为民营企业，11.20%（43家）为合资控股，1.82%（7家）为国有控股。"

与民营企业主体高度交叉的是高新技术企业。数据显示，2020年，宁波384家单项冠军及培育企业中，高新技术企业有339家，占比88.28%，占全市3102家高新技术企业的10.93%。

"高新技术企业和民营企业为主体的单项冠军培育库企业，集中反映了企业的创新活力和创业活力，成为宁波制造业创新发展的强大动力。"《宁波市制造业单项冠军企业发展报告（2020）》这样写道。

"翻墙"抢来的机遇

当然，那个年代，集体企业不仅农村有，城市更多。

广博集团股份有限公司的前身，是一个街道大集体企业，只不过当时还叫鄞县铝合金电子门窗厂。

只是1992年10月24日石碶镇政府任命王利平来当厂长的时候，这里已经6个月没发工资了，还有80多万的负债，而且在他来之前，已经走了4任厂长。

"当时只有四五十个员工，生产铝合金门窗。组织给我提的要求就是企业不亏损、工人有工资。"学的是机械制造，毕业分配到一家机械厂的动力科，之后做过科长、厂团支部书记，王利平之前的人生按部就班、简简单单。"思想也简单,组织叫你来,什么也没想就跑过来接。来了以后,发现压力还是蛮大的。"

广博就这样有了一个斯斯文文的小王厂长。

1993年,王利平转了一圈后决定广博转行最简单的包装印刷,因为门槛低、启动资金也不高,还因为当时刚刚改革开放,产品丰富了起来,包装也就用得多起来。做收音机、做无线电、做音响的都要包装,而周边企业做这一行的却不多。

半年以后,王利平的感觉有些不对了。"第一因为包装产品的销售半径只有150公里,走不远,而且体积大、分量重。第二没有自己的品牌,总是为人家做代工。今天A工厂叫你来做个包装、贴他A的牌子,明天B工厂叫你来做、贴他B的牌子,长此以往都是给人家做嫁妆的。"

于是,那年10月的秋季广交会会场外,站着三个风尘仆仆的人。那是王利平带着两个同事。他们坐了一天一夜的火车赶到会场。

那时的中国外贸还是国有商业一统天下,那时的广交会也还只有国有企业才能拥有入场券。可是,这里蕴含着希望。王利平觉得冥冥之中有声音在呼唤,他要来。

想方设法搞到了一天的证件,只有一天。

气势恢宏的展厅、熙熙攘攘的人群、眼花缭乱的商品,有点看呆了,有且只有看的份,只有在心里感叹的份。

一天的时间就这样在走走看看中过去了,就这,还没看完、还没看够。

第二天,还没开馆,三个人来到了展馆外。那边入口处开始放人了,趁着热闹与混乱,这边的三个人迅速地翻过围墙。落地,目不斜视,朝着展馆,走进去,大大方方地走进去,把昨天的证件牌反过来挂在脖子上。广交会,我们又来了。

一个摊位旁,一个满头白发的英国人正在与摊主交谈。他没注意到,不远处,有几个人也在竖着耳朵认真听。当他离开摊位的时候,这三个人过来打起了招呼:

"先生您好,我们是来自浙江宁波的企业,您刚才说的产品我们能做。"

"你们? 真的能做?"

"是的。请相信我们。"

"这样啊,那你们晚上到我住的酒店来,我们谈一谈吧。"

不管时隔多少年,王利平依然清晰地记得房间号。

晚上7点多,中国大酒店617房间,门被敲开了。

对方给广博的产品是印刷马票本,跑马场为赌马的人发放的一种彩票。

对方的价格抛过来了。可纸张用哪种,色彩有几个,成本要多少,第一次接触马票的他们需要细细地算。

不大的房间里本就有好几个人,一群喝咖啡聊天的生意人。

环视下房间,三个人只能坐在地毯上细细地算。英国人坐在沙发上喝着咖啡,跷起来的脚就在他们的头上时不时地晃动着。

一直算到夜里11点,喝咖啡的累了。

第二天上午10点,三个人又站在了"617"的门口。

就凭着这股冲劲、凭着梦想,协议初步达成。

10月22日,广博接到通知,英方将在11月8日到宁波来实地考察。

只有15天的准备时间。

车间的地上都是土坑，凹凸不平。抹水泥来不及，买沙子把坑填起来，再买来塑料地毯把它铺起来，至少让房子看起来很干净。没有设备？到国有企业磨破嘴皮借来了三台机器。自己工人不会用？再花高价把其他工厂的老师傅请出来。

客户来的那天晚上，就在那个小小的厂子，从 6:30 开始，讨论一直持续到凌晨 5:50。这一次，广博拿到了 54.8 万英镑的订单。

26 年后，广博拿到的是中国印刷品产品单项冠军荣誉称号。

第五章 山 巅

截至2020年底,宁波的主导产品市场占有率全球第一的企业有110家,市场占有率全国第一的有262家。

这份数据来自当年的384家宁波的国家级单项冠军和市级制造业单项冠军梯队培育企业。在这里,"从企业主导产品全国排名看,超六成的单项冠军及培育企业市场排名位居全国第一。""从企业主导产品全球排名看,近三成的单项冠军及培育企业市场排名位居全球第一。"

——2020年,384家单项冠军及培育企业主导产品市场排名位居全国前五的企业共有372家,占比高达96.88%。其中,位居全国第一位的企业数量有262家,占比为68.23%。

——2020年,384家单项冠军及培育企业中有221家企业主导产品市场排名位居全球第三。其中,位居全球第一位的企业数量110家,占比28.64%。

这是宁波在全球细分行业领域最具行业影响力的企业群体。

具体一点:

海天塑机集团有限公司,产品名称塑料注射成型机,全国排名第一、全球排名第一;

宁波德鹰精密机械有限公司,产品名称缝纫机旋梭,全国排名第

第五章 山巅

一、全球排名第一；

　　宁波康赛妮毛绒制品有限公司,产品名称粗梳羊绒纱线,全国排名第一、全球排名第一；

　　宁波慈星股份有限公司,产品名称电脑针织横机,全国排名第一、全球排名第一；

　　宁波激智科技股份有限公司,产品名称液晶显示模组,全国排名第一、全球排名第一；

　　宁波申菱电梯配件有限公司,产品名称电梯门机,全国排名第一、全球排名第一；

　　宁波柯力传感科技股份有限公司,产品名称应变式传感器,全国排名第一、全球排名第一；

　　宁波弘讯科技股份有限公司,产品名称塑机控制系统,全国排名第一、全球排名第一；

　　百隆东方股份有限公司,产品名称色纺纱,全国排名第一、全球排名第一；

　　万华化学(宁波)容威聚氨酯有限公司,产品名称隔热保温用组合聚醚多元醇,全国排名第一、全球排名第一；

　　宁波舜宇车载光学技术有限公司,产品名称车载镜头,全国排名第一、全球排名第一；

　　浙江大丰实业股份有限公司,产品名称舞台机械,全国排名第一、全球排名第一；

　　宁波博德高科股份有限公司,产品名称单向走丝电火花加工用切割丝,全国排名第一、全球排名第一；

　　公牛集团股份有限公司,产品名称移动插座,全国排名第一、全球排名第一；

赛尔富电子有限公司,产品名称 LED 冷链照明灯具,全国排名第一、全球排名第一；

宁波长阳科技股份有限公司,产品名称光学反射膜,全国排名第一、全球排名第一；

……

一百多家全球第一、二百多家全国第一,如果逐一排列的话会很长很长。

真的是份沉甸甸的成绩单,站在制造业的众山之巅。

可在公众视野里,他们又显得那么默默无闻。

用什么来形容这些单项冠军企业呢？

他们是制造业的"千斤顶",摆在那里,一块铁；亮起相来,乾坤圈。

他们是制造业的"原石",埋在山里,与周边浑然"土皮色"；擦出亮皮,给世界至尊"帝王绿"。

他们是制造业的"尖刀连",编在队伍里,步伐统一攻守同步；响起冲锋号,一骑绝尘所向披靡。

旋梭世界

打开手机、进入网购平台、检索"旋梭"。大数据告诉你,这里是"德盛"的天下。

岂能不是"德盛"的天下？它在全球的市场占有率超过 35%、它为全球 90% 的著名缝纫机整机厂配套。

第五章 山巅

生产德盛旋梭的,是宁波市鄞州区下应街道一个看起来普通得不能再普通的地方——宁波德鹰精密机械有限公司,不注意的话都看不到那被大树半遮挡的厂名。

旋梭,半径不过2厘米。梭尖钩住线环、送到导轨口、环绕梭芯、机针启动,一台缝纫机开始工作了。所以,业内人都把旋梭比喻为缝纫机的"心",作用等同于汽车里的发动机。

这个世界,有多少种功能的缝纫机,就有多少款旋梭。就这几厘米的小家伙,从毛坯件到成品,要经过车铣、钳床、热处理、电镀、磨床、抛光、装配,前前后后经过200多道工序才能生产出来。

旋梭之前,是摆梭的时代。

奶奶戴着老花镜,脚踏的缝纫机咯哒咯哒地响着。呀,断线了,翻开缝纫机的机头,对着里面的机针和摆梭鼓捣一番。这幅画面似乎是30年前家家都有的温馨。

德鹰的前身也是做摆梭的。

20世纪70年代末,下应街道办起了一个缝纫机零件厂,生产摆梭。

走的路,正合改革开放后宁波制造业共同的轨迹。

1990年,改制,然后更名为德鹰精密机械有限公司,生产旋梭。

2003年,顾志英从父辈手中接下企业的时候,德鹰生产的旋梭在国内的市场份额已经达到6%。

但是,顾志英看到的,是繁华背后的危机。

"当时,改革开放初期的粗放型经济已经接近尾声。只要能做出来就行的市场已经不存在了。"

"当时,我们这种规模的企业在国内有四五家,小一点的随处可见,可是我们都是在低端市场里相互厮杀。意大利、日本、德国占据着高端市场,我们根本就进不去。"

"当时,这6%只代表市场,却不代表质量、技术、品牌的优势。我们稍有差池就会随时被洗牌。"

顾志英首先想到的解决路径是直接为国际品牌配套,站在巨人的肩膀上。

顾志英曾经是个军人。5年的武警生涯不仅赋予了他满腔的热血,更锻造出不屈不挠的品格。

所以,下面这个故事很励志。

缝纫机在18世纪的工业革命中诞生。一个英国木工发明了世界上第一台"先打洞、后穿线"的手摇缝纫机,目的是缝皮鞋。此后,从手摇到脚踏再到电动,美国、欧洲各国一直垄断着缝纫机的制造。二战后,日本挤进了这一市场。

当时,顾志英选择了业界的标杆企业——日本重机。这是一家在工业用缝纫机领域里市场份额、质量、品种都处于世界领先的企业,德鹰希望能凭借为其配套而让自己跻身高端市场。

可是,这是一场十战十败的拉力赛,德鹰推销了10次被拒绝了10次,甚至都没有进入试用。

这道门被关上了,顾志英的脑海里却出现了另一扇窗——质量。对,质量是企业的最终话语权。德鹰要以高质量产品突破国内市场,再打开全球市场。

德鹰长吸一口气,开始了潜泳。

在看起来冷冰冰、大一统的机械世界里,旋梭是这样一种奇妙的存在——它追求个性,拒绝"大众脸",也就是行话所说的非标产品。

一款旋梭只能配一种功能的缝纫机。

这个世界的缝纫机又何止是做衣服的？皮鞋、箱包、家纺、沙发、电脑绣花都有相应的缝纫机。就像汽车不只有轿车，还有公交车、叉车、救护车、消防车等等。

"如果，我是说如果，能够制造所有品类的旋梭，满足所有客户的个性化需求。"

"如果，还是说如果，我所有的旋梭寿命、耐用度都是顶尖的。"

那样的德鹰一定是笑傲江湖的。

顾志英想把如果变为现实。于是——

三年里，德鹰只管埋头。人才少？国内海外、管理团队、技术团队，只要你来。技术缺？一项一项地解决，每年千万元的研发投入如同万丈高楼的地基，深埋。2006年，德鹰的国内市场占有率提升到20%；

五年里，德鹰还是只管埋头。2008年，德鹰凭产销量成了全国同行中的龙头老大，而且有了出口；

十年里，德鹰依旧是只管埋头。2012年，当年10次拒绝德鹰的日本重机主动寻求合作，开始采购德鹰的产品。此时，全球著名的缝纫整机厂90%都在使用德鹰的旋梭。

"有志者，事竟成，破釜沉舟，百二秦关终属楚；苦心人，天不负，卧薪尝胆，三千越甲可吞吴。"那时的德鹰与这副对联心意相通。

纵向深挖。在德鹰，一个旋梭的制造时间从四十天缩短到一个月，平均寿命却从七八个月提高到一年。旋梭每分钟的转动次数、缝纫接头数量、线结间距等技术指标都是世界一流。

横向铺陈。德鹰的全旋梭产品已经上百种，为50多个国家与地区的缝纫整机厂做配套。

在德鹰的生产车间，还有一个有趣的现象。那就是里面找不到一台标准化加工设备，所有的核心生产设备都是由德鹰自己研发制造的。

"只有非标设备才能满足旋梭独特的个性。"在顾志英看来，核心技术与生产设备息息相关。这些非标设备，稳定了产品的性能与品质，更让德鹰的产品具有独立性和唯一性。如今，德鹰已经掌握了六大类近200个规格的非标设备生产制造技术。

此时再回看当初的忧虑，顾志英的决策转型充满了预见性。如今的旋梭市场早已发生了裂变，那些满足于"做出来就行"的企业已经烟消云散，而德鹰却在这个赛道里遥遥领先。

更重要的是，德鹰已经把赛场扩大到了全球，而且还是遥遥领先。

2016年，德鹰成为第一批国家级制造业单项冠军企业。这个"首功"宁波只有两家。

"外来的和尚"

相对于本土企业，亚德客自动化工业有限公司属于"外来的和尚"。1988年王世忠先生在台北土城创业，从事气动行业。

他给企业定名"亚德客"，亚德客国际集团。

亚德客，中文的三个字拆解开来，寓意未来的发展"立足亚洲、以德创业、以客为尊"。

它的英文名字是AirTAC。

AirTAC，既与亚德客谐音，又有着自己的含义。"Air"表示以空气作为动力的元件产品；"T"既表示亚德客产品是技术性的"Technological",也表示科技产业生产机械上所需要用到的关键零元件即"Technological industry";"A"代表自动化生产"Automatic",气动元件是自动化工业及生产机械中不可或缺的一部分;"C"即是零组件"Components"。

寓意深远。

1998年,亚德客在广州投资建厂。

2001年,亚德客在宁波奉化成立了亚德客自动化工业有限公司,是一家专业生产各类气动元件的自主研发型制造企业。

至此,亚德客国际集团建立起自己的"气动王国",在台北、广州、宁波形成了稳定的三角形。2010年,集团在台湾挂牌上市。

其中,宁波亚德客是集团最大的生产基地和两大研发中心之一,贡献了集团一半的营业收入。在职员工已超过3000人,在奉化拥有两个工业园区,分别为宁波亚德客一厂和宁波亚德客二厂。

气动是个啥玩意?很多人对此模模糊糊。

作为一个行业,气动已经有100多年的历史。

亚德客集团副总经理、大陆地区总经理李怀文的解释可谓抽丝剥茧:

——气动产业是装备制造业的基础性产业,产品属于核心基础零部件,广泛应用于国民经济建设各领域,是我国装备制造业发展的核心所在,也是促进我国经济转型升级和制造业实现"由大变强"的基本保障。

——气动技术是以空气压缩机为动力源,以压缩空气为工作介质,进行能量传递或信号传递的工程技术,是实现各种生产控制、自动控制的技术手段之一,广泛应用于自动化各个领域。

——气动元件是工业自动化装备领域应用的关键部件,它既属于工业自动化的执行器范畴,也属于机械基础件范畴,具有轻小、快速、安全、无污染、易于融合电子信息和计算机控制等特点,在实现制造业数字化智能化的变革中,具有突出优势。

——宁波亚德客主营产品属于通用设备类中的气动元件产品,主要生产气源处理元件、气动控制元件、气动执行元件及各类辅助元组件等,包含四大类、200多个品种系列、1万多个规格,产品广泛运用于汽车、机械制造、冶金、电子技术、环保处理、轻工纺织、陶瓷、医疗器械、食品包装等自动化工业领域。基本可以满足各种自动化应用场景需求。

但是,对外行来说,依旧是鸭子听雷。

没懂就没懂吧,专业的事情还是让那些专业的人去理解。反正,大到航天、高铁,小到新冠肺炎疫情期间急需的呼吸机、制氧机、饮料瓶,都离不开这个气动元件。只要记住亚德客的主要产品是各类自动化生产设备中不可或缺的关键性零组件就行了。

对了,还可以知道,宁波亚德客凭借自主创新、自有品牌,现已成为国内气动行业龙头企业,是中国中车、华为、苹果、富士康、松下、海尔等知名企业的自动化控制元器件的供应商,国内客户群超过6万家,并且和500余家核心经销商保持深度长期战略合作。"成为全球自动化机械设备制造商的长期战略伙伴"的初衷已经实现。公司近年来主营产品气动元件全国市场占有率排名第一,全球市场占有率排名稳定在前三位。

其实,宁波亚德客更霸气的,是打破进口产品垄断的两件事。

复兴号,标志着我国铁路技术装备水平进入世界先进行列。在轨道交通装备国产化的背景下,在受电弓、雨刮器等系统中,亚德客实现了产品的升级开发,打破了欧美、日本品牌的垄断地位,售价仅为进口品牌的一半,为降低复兴号列车的制造成本做出了贡献。每一列奔驰的复兴号里,都有着亚德客的印记。

  智能化的时代,防水型的智能手机、手表已经逐渐成为标配,但是保证这些产品质量的气密性检测设备却一直被少数进口品牌垄断着。亚德客依托国内大型手机终端合作经验以及多年气动领域的技术积累,针对手机气密性检测开发了泄漏量极低、保压性能优越的气体控制阀,填补了该产品的国内空白且售价同样是进口品牌的一半,具有非常高的市场竞争力。

  ……

  "一个旋梭旋转一个地球、一个德鹰服务一个世界。"这是德鹰的豪迈;

  "气动是传统的行业而不是夕阳的产业。"这是亚德客的自信。

  其实,这 63 家国家级单项冠军,无论把谁拎出来,那都是一个高开高走、群山之巅。

第六章　坚 守

听说过熬鹰吗？

康熙曾经写过一首诗："羽虫三百有六十,神俊最属海东青。"

鹰,是满族的图腾。当年努尔哈赤在吉林设立了专职的捕鹰机构。贡鹰,成了清朝猎鹰人的徭役。海东青,就是那鹰中的神。

到了秋天,天下霜、草开堂,鹰把式们就开始忙了起来。或爬上高高的石崖,把鹰巢中的小鹰带回;或准备好木杆、套网和作为诱饵的鸽子,等待小鹰落网。

把小鹰带回家,第一步,就是熬鹰。

熬鹰,就是和捕来的鹰对视,几天几夜不让它睡觉,不给它喂食,目的是磨掉它的野性。五六天后,困倦的鹰开始在人面前合眼睡觉,这才叫认了主人,才能开始训练,直驯得"形削、骨利、羽丰、喙砺",这只鹰才开始有了霸气的"底座"。从此后,无论走到哪里,鹰都架在鹰把式的手臂上,达到了心神合一。无论在日常还是捕猎,都会配合得天衣无缝。而驯成后最终献给朝廷的鹰,更是器宇轩昂、鹰中极品。

熬鹰其实也是在熬人。鹰不睡、人也不睡。四目相对,熬的是意志。陌生、敌视、好奇、困乏、较劲、沟通、合作,一道道关口、一个个心路历程。熬得过,苍鹰成猎鹰;熬不过,一拍两散。

没有任何一种成功不需要坚守。

爬过那道坡

200元钱、1个人,这是帅特龙的起点,也是吴志光人生的转折点。

那是1986年,现在的宁波帅特龙集团有限公司当时叫鄞江禅岩胶木厂。在这之前,吴志光说自己是"山民"。

鄞江畔、四明山下,禅岩村。老家的后门打开就是山,会爬的时候就能上山。

可是,那是一段怎样的岁月。面朝黄土背朝天的日子,与爸爸一起挖树根熬浆的日子,五岁时弟弟发烧病逝在自家的日子,拉着板车去卖柴的日子……所有的贫苦让他在18岁的时候做了一个决定——学习做模具,成为一名手艺人。

三年学徒生涯,他深耕重挑:"就好比别人扛100斤,我一定要比别人多10斤。"练到最后,他拿着两根绣花针,也能在模具上敲出想要的图案来。终于,他凭借娴熟的手艺成为鄞州中学校办工厂的顶梁柱:"那个时候别人几十元月工资而我110元,那个时候要分给我一套63平方米的房子,那个时候要给我从大集体转到事业编制。"

可是,吴志光全部舍弃了。

为什么?

他听到了市场经济大潮从远处传来的涌浪声。"中国的汽车市场刚刚起步,那里面应该有我的位置。"

1986年,他凭着仅有的200元储蓄,自己创办了胶木厂。

依旧是吃苦的日子。

跑业务、睡地下室、住防空洞、坐硬板火车,但是奋斗的目标清晰。很快,吴志光找到了自己的"起步器"——汽车烟灰盒。

一辆车,成千上万个配置,或许最不受待见的就是那个烟灰盒。很多厂家都瞧不上做它。可是,就这一个小东西,却是由60多个零部件组成的,设计研发、生产制作、质量检测,所有的环节一个都不能少。面对汽车名企的需求,吴志光抓住了商机。

没有苦是白吃的。苦练出来的基本功在此时发挥了作用。生产烟灰盒的第一个模具,就是他亲手做的。到20世纪90年代中期,帅特龙就成为业界知名的"烟灰盒大王"了。

这以后,扣手、杯架、遮阳帘,只要有需要,帅特龙都做。2016年3月,帅特龙的遮阳帘、门板锁开始出口德国。

曾经为了赶工,他趴在工作台上睡着了,半夜被烫醒才发现,衣服被台子上那个100瓦的灯泡烤着了;

曾经为了将产品按时交付客户,他发着41度的高烧从医院偷偷跑了回来,就为了不耽误工期。

创业33年后。

2019年10月1日,天安门广场,国庆70周年阅兵式激荡着中华儿女的心。

吴志光比别人更激动。

那辆红旗阅兵车上,烟灰盒、杯架、车标和尾部装饰条,都是出自帅特龙。

这33年的历程,吴志光比谁都知道坚守的孤独。不仅是对创业的坚守，更是对制造的坚守。

如今，帅特龙的产品覆盖汽车内外饰件总成系列的上千种产品，主要包括门内手柄总成、门外手柄总成、烟灰盒总成、顶棚拉手总成、汽车窗帘总成、杂物盒总成、饮料杯支架总成、眼镜盒总成、出风口总成。

但是，帅特龙从来没有离开过汽车零部件及配件制造领域。

也曾面临无数诱惑。资本、房地产，所有时代出现过的"杠杆"都曾在他眼前飞来飞去。可"产品做精，企业做强"是他的倔强，制造业是国之根基，也是他脚下的山河，一如土地对农民的意义。

他喜欢骑马，那风驰电掣的感觉让他酣畅淋漓，但是他知道，马只能在草原上奔腾。

他喜欢写诗，那大气磅礴的境界让他热血沸腾，但是他同样知道，意境无垠诗却有律。

他喜欢用拉车做比喻。"选好了路线。低下身、弓紧背、铆足劲，你就会爬过那道坡。"

守得云开见月明。

帅特龙已经是一家集设计、研发、制造、销售汽车功能性内外饰件总成为一体的国家高新技术企业。集团旗下拥有3大生产基地、6家子公司，14个办事处，是奔驰、宝马、奥迪、丰田、大众、通用等汽车主机厂的一级供应商，并已经成为汽车内饰件行业的龙头企业。近几年，公司主营业务收入、研发经费、实缴税金保持连续增长，主营产品市场占有率达到国内第一、全球第二，2019年被列为国家单项冠军示范企业。公司辐射了一大批汽车配件制造企业作为供应商，直接或间接提供了超过10000个就业岗位。

据说，川流不息的路上，从你身边飞驰而过的那些车里，每三辆就有一辆配有帅特龙的产品。

守得花开

守得花开，是一种诗意。可是只有那守花的人儿知道，耐得住寂寞是什么意思。

"我们经历过从 2003 到 2007 年全部亏损的日子。"亚德客国际集团副总经理、大陆地区总经理李怀文说。

2001 年，是宁波亚德客的元年。建厂房、投设备、启动生产，然后就连续亏损 5 年，里面的人是煎熬还是执着？

就像打怪兽，宁波亚德客克服了一个又一个困难，出来一个打一个。

这是一个附加值极低的行业，"产品按秒算、利润按毛算。"就拿接头零件来说，1.2 秒做一个，利润才刚刚过毛。唯有靠量。所以，仅此一项他们一年要做 8000 万个。

这是一个资本投入与产出比仅为 1∶0.6 的行业，意味着如果要新增 10 亿的产值，至少要投入 6 亿的基础消费。这样的回报率让他们只能做得更多。

这是一个用工密集的行业，4000 多工人、1700 多销售，可宁波亚德客却包吃包住，工人的工资比同行要高出两成。

这是一个市场竞争极为激烈的行业，以 2013 年为例，中国气动市场产值在一百五六十亿，但是国内大大小小的生产厂家却有 1200 多家。

这又是一个总被诱惑的时代。2004 年，国外知名公司抛来一年一亿美金的订单做代工；2004年，房地产业风生水起，有人来洽谈。出乎意料地，一直处在亏损中的宁波亚德客无一例外地拒绝了。

若问为何这样坚守？

亚德客的企业文化或许可以回答："以人为本、利润共享、承诺责任、共同发展。"

"我是中国人。"亚德客国际集团董事长王世忠总是这样说。

"做制造装备业的配套原料供应商。"亚德客不想改变自己的初衷。

当然，坚守，不是硬撑。

宁波亚德客打了一套组合拳。

在人才战略方面。与山东大学、沈阳工业大学、西安理工大学等多所高等院校建立产学研合作，甚至共建博士后工作站，就气动技术与应用相关理论及技术难题进行深度合作开发。亚德客还与湖南汽车技师学院、重庆市农业学校等职业院校建立技能型人才培养基地，每年招募100到150名毕业生，集中组建人才培训班，有序搭建人才梯队。与此同时，企业针对不同工作岗位的员工开展各种培训，解决他们存在的问题，进行能力提升及经验分享。2020年，企业被浙江省发改委评为第一批产教融合示范企业。

在目标战略方面。研发高科技产业应用的产品，将产品往更小、更稳定、更精密、更复杂的方向研究，提升产品档次，以满足高科技产业机械及生物科技产业机械的应用需求；建立系统整合，为客户提供软硬件设计、整厂设计以及咨询顾问的服务。持续找寻优良的原物料供货商外，也与重要原材料供货商建立长期良好关系，以获得合理价格、降低生产成本。

在研发战略方面。每年的研发费用投入不低于营业收入的3%，研制具有自主知识产权、符合甚至引领市场需求的新产品 10~20 项。

在运营战略方面。每年投入上千万元,推进制造过程智能化。智能工厂、数字化车间、人机智能交互、工业机器人、智能物流管理在生产全过程中启用。就企业管理而言,在集团管控、设计与制造、研产销一体、业务和财务衔接等关键环节同样实现智能化。在充分快速的信息技术的支持下,亚德客简化生产经营方式,将生产管理团队分为现场管理和生产管理两部分,减少中间环节和中间管理人员。

听到了花儿绽放的声音。

在五年亏损后,有过三年企业产品平均年营业收入增幅 20% 以上,年利润增幅 24% 以上的快速发展;有过 2017 年的爆发式订单,全体员工加班加点,产品年销售量增长 50% 以上,企业利润总额更是增幅超 70%;有过在 2018 年扩建厂房、优化提升企业生产线的同时,在迎战新冠肺炎疫情状态下,销售收入和利润总额增速进入一波高幅。

如今的宁波亚德客,可谓"上天入地,横扫八方"。

头发丝的六分之一

《隐形冠军》里记载了这样一句话:"把 1 米宽的市场做到 100 米深。"说这话的,是山东默锐科技有限公司董事长杨树仁。

这也适用于宁波所有的单项冠军企业。

宁波博德高科股份有限公司从它诞生的那天起,使命就被定位 —— 专攻切割丝。

第六章 坚守

博德高科是博威集团于 2006 年成立的子公司。

博威集团，始创于 1987 年。短短 30 年，已经在全球范围拥有六个制造基地，成为集新材料、新能源、精密切割丝、精密零部件、高端卫浴、资本合作等六大产业于一体的科技型、资本型、国际化企业集团。

2006 年，为了进军切割丝领域，博威集团成立了麦特莱材料有限公司，也就是后来的博德高科。

切割丝是什么？

简单地说，就是用于高密度零部件切割的加工工具。

与博德高科总裁万林辉的对话更像是他进行的一场科普。

"现在，各行各业都用到模具，对吧？比方说大到汽车、电视机、电脑，小到手机，它的很多部件都是要用模具来做的。怎么做？用切割丝割出各种形状与厚度。"

"还有精密零部件，大到飞机发动机，小到我们钟表里面很多的小齿轮，都是通过切割丝割出来的。"

"还有机器人。"

万林辉拿出了一张纸，写下了"谐波齿轮"四个字。

这个谐波齿轮是机器人的核心部件。"它的内曲面的弧度一定要精准，它的外曲面一定要光洁，这样才能保证机器人的灵活度和精确度。这个弧度、这个曲面就要用我们的切割丝来实现。"

网上搜索，切割丝是什么，跳出来的答案直接就是博德高科的高端精密切割丝，这根切割丝只有头发的六分之一细。就是这样一根丝，面对坚硬无比的钢材，只要全身通了电，就能成为最锋利的"刀"。你可以把它想象成木匠的锯子，只不过不是在木头，而是在钢材上锯出各种各样的零部件。

切割丝越细，加工出的零部件精密度越高。博德高科刚起步的时候，生产出来最细的切割丝只能做到0.1毫米。

而且，博德遇到了2008年到2011年整个行业的低谷，市场还没有从金融危机的冲击波里走出来。即便是2011年到2013年，因为做的是低端的黄铜切割丝，公司也只能在低利润中徘徊。

"要么不做，要做就引领行业发展、推动时代进步。"这是博威集团成立时就给自己的定位。博德高科同样不能例外。

可是，要达到什么状态才能去引领这个行业？

"我们要有一个画像，从战略角度的一个画像。"万林辉说。

博德聘请了国际知名团队来给企业"画像"，画出了行业领航者应该有的样子。

"画像有了，我们就可以检查出我们缺什么，差距在哪里，从技术、销售、设备、研发、人员，从所有的方面查出所有的短板。"

黄铜丝低端？研发人员研制了镀层丝，生产效率可以提升20%~30%。

设备低端？投资几千万元更新换代，效益翻番却没有增加人手，因为一个人可以创造出过去两个人的效益。

博德的自我革命，重塑了生产力和竞争力。

到了2015年，博德更是实现了一次历史性的跨越。

那个时候，博德开始扫描全球同行业。当时，全球顶尖的同行只有两家，一家在德国，一家在法国。

德国贝肯霍夫公司成立于1889年，是切割丝的行业鼻祖，是慢走丝切割丝的发明者，是全球切割丝第一品牌。但是，由于金融机构经营不善，贝肯霍夫公司准备出售了。

这是千载难逢的机遇,博德做好了准备。

然而,那又是一段很艰难的过程。万林辉回忆说,艰难来自德国人对中国人的偏见,来自德国制造对中国制造的偏见。

2014年下半年到2015年上半年,博威集团董事长谢识才和万林辉在一年的时间内飞去德国十几趟。

对方不吐口,他们就在夏天把贝肯霍夫公司的人邀请过来。

走进企业,规模的厂区、有致的车间,整洁的产品、强大的实力。"这里不是想象中的那么差啊。"来者改观了。

可是,实质性的谈判需要和德国工会进行。

再次卡壳。

你来合作?你来收购?幌子吧?你是来偷我们的技术的吧?

还是让事实说话。谢识才董事长邀请了6个人的工会代表团来到宁波,来到博威,来到博德。

从惊讶到兴奋,对方相信了自己的眼睛。

博德同时给予了对方充分的尊重。以前有人去谈收购,叫财务投资者;博德去收购,是以战略投资者的身份进行的。

2015年9月,博德高科正式收购贝肯霍夫100%股权,使其成为博德高科的全资子公司。

收购之后,博德高科采用的是协同的方式来经营。技术研发、中德协同,品牌营销、中德协同,制造管理、中德协同。甚至走进厂区,贝肯霍夫的巨幅头像醒目地悬挂在那里。

这个有着130多年历史的全球精密丝行业第一品牌,通过博德有了可持续发展,收购一年就获得了德国的"联邦工会奖"。

博德高科也通过收购获得了飞速的发展。

两年时间，博德就研制出了只有 0.015 毫米的国际领先微米级的切割丝，相当于头发丝的六分之一。2013 年，企业的年产量是 6900 吨，2019 年就达到了 14500 吨，利润从几百万到了 7000 万。在中国、德国和越南的工厂，每天产出的切割丝有 10 万千米长。

博德，已经成为世界第一的行业引领者。

"伟大！"中国营销策划界专家路长全以这个词来评价这场收购。

"为什么用这个词？"万林辉问他。

"以德国的技术服务于中国的制造，你们助推了中国制造业的转型升级。"路长全竖起了大拇指。

"以更多的高端切割丝服务中国市场，我们希望提升中国制造的精度。"万林辉这样说。

……

还有，贝发集团从钢材研制到墨水沟槽、弹簧制造，一支小小的圆珠笔研究了 20 余年；天生密封件公司死磕 26 年，打破国外公司对密封件技术的垄断，构筑起自身的技术高地。

他们走的都是专业化的路。

专业化与多元化看似是一对矛盾体，一个集中优势兵力出击，一个不把鸡蛋放在一个篮子里。虽然很难说孰好孰坏，但是有学者研究后得出了这样的结论："从世界范围看，20 世纪 50 年代以前国际上大多数企业都以专业化生产为主。20 世纪 60 年代以来，多元化经营战略在国外得到普遍采用，成为企业集团发展壮大的一种典型的方式。但到了 80 年代以后，随着国际市场的全面融合与国际资本市场的有效性进一步加强，各国企业又纷纷由多元化扩张向专业化回归。"

找准一个切口、拿出所有的专注、发挥"小而精"的特色、驰骋于一个特定的细分市场,是绝大多数宁波单项冠军企业的选择和特色。坚守专业化,让他们好似大树生根,专注于向上生长,最终参天。

《宁波市制造业单项冠军企业发展报告(2020)》认为,单项冠军及培育企业把工匠精神放在首位,通过把简单的产品做到极致的"深耕"模式,发展成为细分行业领域内的专家。截止到2020年,全市384家单项冠军及培育企业从事主营产品年数平均为19年。其中,10到20年的181家,占比47.14%;20到30年的99家,占比25.78%;超过40年的有4家;海天塑机、中银(宁波)电池更是超过了50年。

这也同时验证了我国开展制造业单项冠军企业培育提升专项行动的初衷:倡导专业化发展,对我国制造业高质量发展具有十分重要的意义。

正如德鹰精密机械有限公司董事长顾志英所说:"不做没头苍蝇,不遍地开花找市场。"

第七章　匠　心

墨绿色的人工玉上冰裂纹的线条，南宋官窑釉色的庄重、典雅与神秘就这样猝不及防地扑面而来。那是梅子青的流畅和高贵，却也能听到玉的悦耳、看到玉的温润。

这是什么？居然是一支笔的笔身。

帽顶，瓷器瓶口的造型；握笔处，磨砂的手感舒适厚重；笔夹，镶嵌着西湖三潭印月的立体浮雕；笔圈，双色度亮银上雕刻着漂亮的Logo。杭州、中国、玉石、瓷器，这就是G20元首签字笔，每一处都有着浓厚的中华元素。

2016年9月，二十国集团领导人第11次峰会在杭州举行。这支笔，在他们的案前、手中。

铺好纸，写下去。油墨含有超纳米颗粒，可以始终保持活性，落在纸上有一种流畅感。同时，这支笔还配备了全国首创的自动锁墨系统，避免漏油。

杭州的9月美不胜收，来客沉浸其中。一位外国领导人不慎将这支元首笔丢失。没想到的是，他竟然通过外交途径又要了三支。

这之后的三个多月里，这款笔的销量达到了15万支。后来，还荣获了中国设计界的最高奖——红星奖特别奖。

好笔之答

不只是G20元首笔。2001年上海APEC会议、2008年北京奥运会、2017年厦门金砖五国峰会、2018年青岛上合组织峰会,还有冬奥会……重大会议、重要赛事里,几乎都有这些美丽"精灵"的身影。

这些笔有一个共同的名字——贝发。

谁能想到,这些笔会和50年前的一枚贝壳紧密相连呢?

50年前,东海岸边。夏日午后的阳光格外热烈。一个贪玩的少年来到了海边。这是一个无忧无虑的世界,小而鼓的沙丘下面偷偷地藏着小螺,小螃蟹在柔软的滩涂上快速地移动。忽然,阳光下,一个亮闪闪的东西吸引了他的注意。

那是一枚彩色的贝壳。

谁小的时候没有过这样的经历呢?一只布娃娃、一枚发卡、一辆车模、一把木头手枪……白天握在手里、夜晚搂在被里,醒来第一件事就是摸摸是否还在,那种满心欢喜就是当时全部的幸福。只是,长大后,它们在哪里呢?

这枚贝壳却一直在少年的心里。当年那种喜欢的感觉就像一粒种子,始终在心田。当他长大之后有了自己的企业时,那枚贝壳再次浮现在眼前。"贝发"的名字就这样呼之欲出。

这个少年就是如今的贝发集团股份有限公司董事长邱智铭。

其实,贝字还有一个含义。

考古发现,早在夏朝晚期,贝就从大自然家族中被智慧的古人"翻牌"、从色彩鲜艳的装饰功能中脱颖而出,充当了商品交换的等价物,也就是我们今天意义上的"钱"。

作为世界上最古老的货币，贝币甚至一直沿用到清朝。流沙河在他的著作《白鱼解字》里介绍："旧时偏僻省份云南，以海贝作货币，从远古到明清两代，历数千年。"

从此后，财、货、贫、贸、贷、赊、贯、赏、资、贿、赂等等和钱财有关的字眼就从"贝"字衍生而来，富裕了大千世界。

而"贝发"，也就有了叠加的功能与寓意。

1993年的时候，宁波北仑有一个30多人的小作坊，是邱智铭父亲创下的。那一年，邱智铭子承父业接了公司，并以"小产品大生产、小商品大市场"的理念开创自己的商贸"航线"。那一年，他第一次参加广交会。那一年，他拿下第一笔国际订单。

1994年，"贝发"正式亮相。短短两年后，企业销售额就达到了2600万美金。如果对数字没有概念，可以横向对比一下，这个数字和当时包括"英雄"在内的上海四大制笔上市公司的出口总和持平。

做外贸，贝发无疑是成功的。

临近千禧年，贝发溯流而上，开始由商贸型企业向实业制造转变，成立了模具厂、注塑厂、保税工厂，采用了台湾生产线，引进了瑞士自动加工笔头机。贝发笔在高起点上冲进了行业赛道。

在贝发集团的一楼展厅，标号"8776"的1993年广交会入场证、2008年宁波第49棒火炬手的运动服都在。这些历史记录着这个实业的发展脉络——

1998年，首次成功申请简易圆珠笔外观专利。

1999年，业内首家制笔研究中心——贝发制笔工程技术中心成立。

2002年，当时世界上最大的单体制笔生产厂房——贝发中国制笔城建成。

2008年，建立中国文具供应链运营服务平台，实现从制造企业向综合文具供应链服务商转型、从出口制造型企业向国际化品牌企业转型。

2011年，牵头承担"十二五"国家科技项目计划——"笔头材料及其制备技术研发与产业化"和"圆珠笔墨水关键技术开发与产业化"的课题。

2013年，集团的"中国文具创意设计中心"升级为"国家级工业设计中心"，成为文具行业唯一的国家级工业设计中心。

2016年，旗下研发公司获评"国家级企业技术中心"。

2018年，n9（中文：那就）品牌创立，这个年轻化品牌在北京故宫惊艳亮相，填补了中国中高端笔类产品的市场需求。

如今，集团化运营的贝发旗下有制笔、包装、文具礼品创意设计、投资发展等十余家分公司、子公司，涉及研发、生产、模具、销售等不同领域。贝发圆珠笔产销规模和市场占有率排名全球第一，每年有180个品种30亿支笔销往全球150多个国家和地区，与39家世界500强企业建立了战略合作伙伴关系，多次获得全球产品创新奖、全球最佳供应商奖、顶级供应商奖等国际奖项。贝发集团也成为奥运历史上首家文具赞助商。

一支笔何以搅动乾坤？

那是因为它考量着中国制造。

小小的一支圆珠笔，长不过15厘米，直径不过8毫米。目力所及也就数十个零件。但是，每个零件都需要几十道工序才能完成，生产一支笔就需要几百道工序，复杂的笔甚至需要上千道，是塑料工艺、精密模具、精密器械加工、精细化工、环保电镀的集成与综合。

尤其那小小的圆珠笔头,看起来只有笔尖上的球珠和球座体两个部分,却暗含着20多道工序,还有5条引导墨水的沟槽,加工精度是千分之一毫米级的,球珠与笔头、墨水沟槽位必须搭配得天衣无缝。

1948年,中国第一支国产圆珠笔在上海丰华圆珠笔厂诞生。70多年后,中国每年的圆珠笔产量高达400多亿支,占全球市场的80%。但是,制笔大国的背后却掩藏着一个不为外行人所知的尴尬——那个小小的笔头球珠中国不能生产,一直依赖进口。

"别看那个球珠那么一点点,它需要由可切割、易加工的钢材来制作。这种钢材里包含了很多微量元素,而任何一种元素之中的任何一个比例有任何一点变化都会影响线材的质量,都做不成那个小球珠。"业内人士说,这样的标准让国内企业望而却步。没有这个球珠,就造不出高端的笔。

"高端笔和低端笔差距在哪里?"

"市场上,一支高端笔的利润可比一台空调,一支低端笔的利润却只有几厘钱。"这就是差距。

这是一个奇怪的"逆差",一边是国内钢铁产量过剩,一边是必须进口我们自己做不了的特殊品类的高质量钢材。1997年,贝发花40万欧元从瑞士引进了一套制笔设备,厂家随机赠送了300吨制造笔头的线材。但是当线材用完后,国内却买不到同类线材。天价的设备只能静静地沉默。

此时的中国制笔市场,九成笔尖球珠需要从国外进口,八成墨水从日韩进口,笔尖球座体的生产设备更是百分之百从瑞士、日本进口。

一个用笔大国、制笔大国,引发出一个好笔之问。

2015年初,瑞士达沃斯。世界经济论坛2015年年会召开。参加会议的李克强总理发现,组织方提供的笔特别好用。

6月,总理在国内主持了一个座谈会。他提出了三个问题。

第一,什么时候中国也能做得出德国那么好写的笔?

第二,消费者什么时候能买到好笔?

第三,什么时候中国笔能卖出好价格?

于是,有人感叹:"中国制造能让高铁飞驰、蛟龙潜海、玉兔登月,却造不出那个小小的球珠。"

其实,一直没有放弃。

科技部于2011年启动了"笔头材料及其制备技术研发与产业化"和"圆珠笔墨水关键技术开发与产业化"两个课题,这也是"十二五"国家科技支撑项目。牵头的,是贝发集团。联合的,是太钢集团和中科院沈阳所。期待解决的,就是长期制约中国制笔行业向高端发展的三大难题——中性墨水、笔头不锈钢线材、加工设备。

2015年11月22日,中央电视台《对话》栏目的主题就是,圆珠笔挑战高端制造。

其实在那个时候,"笔头材料及制备技术研发与产业化"和"圆珠笔墨水关键技术开发与产业化"两个课题在2014年就已经结题。但是从验收交付到进入制造,从实验室到批量生产,还有一个问题横亘其中——由于缺乏相应的产业化制造设备,高端笔的生产成本奇高,在实验室里做出来的产品无法推进到量产阶段。

精密机械与设备是原材料之外,制约圆珠笔品质的又一个障碍。设备的精密程度决定了漏油、堵塞现象的多少。

工欲善其事，必先利其器。每一个小小的偏差都会影响书写的流畅度和笔的使用寿命。加工设备，也因此成为节目录制现场企业家探讨的另一个主题。

为此，格力电器董事长董明珠与贝发集团董事长邱智铭现场相约，一年之后，由格力给贝发提供自己研制的圆珠笔生产设备。

这张照片一直挂在贝发的展厅里。

2017年，两位企业家在《对话》栏目再次聚首。

此时，贝发已经用行动回答了总理之问，贝发所产的高端笔"百分百中国造、世界级"！

这就是在G20峰会上亮相的元首笔。

五年的努力，上万次的试验。

普通的笔，怕高温，高温下容易漏墨；怕高海拔，海拔高了也容易漏墨；怕高湿度，湿度高了书写就会断断续续。但是，贝发笔的油墨触变性达到了国际先进水平，不书写时快速黏稠、书写时下笔流畅；贝发的笔耐高温，有效克服了书写时不连贯、漏油的现象；贝发笔芯的保质期从2年延长到5年以上。

由此开始，中国好笔贝发造。从工艺到外形，全是匠心之作。

G20峰会上，不仅有元首笔，还有奢华优雅的至尊笔。黑金配色、黑色人工玉加上镀金材质、金色笔尖。

厦门金砖会议上，贝发同时推出了元首笔、部长笔、记者笔。

元首笔，黑色笔身彰显大气、沉稳之感，珠光贝白色笔身显得光彩夺目。笔管上银粉波纹配的是贝壳纹理，每一个纹理都浑然天成、独一无二。笔尖设计来源于船锚，鼓浪屿的涛声似乎就在耳边。

部长笔将船桅杆作为笔杆设计的切入点，扬帆远行的意境瞬间显现。而记者笔则突出了简约时尚的多功能性，25 克的重量更适合随身携带，金属的笔杆上还留有手机支架功能件。

上合组织的元首笔和记者笔则运用了"如意"这一中国元素。

发展到此时，贝发笔已经不只是一个书写工具。它跨越了实用功能本身，兼有文创性、娱乐性、智能性与独特性。

同时，贝发还探索个性化反向定制，让每个人都可以拥有自己的专属用笔。

栎果科技，成立于 2018 年，是贝发集团的下属子公司，主攻国内市场。这个新秀，就像一匹骏马，一问世就带着风。旗下的 n9 品牌，主打中国风美学设计，定位轻奢文具，主要针对 25 到 35 岁人群。旗下的木已品牌，以简约、时尚、色彩为主要元素，定位学生文具，主打 15 到 22 岁人群，提倡自由简约的生活方式。

n9，那就，做自己吧。

一群年轻 90 后新锐设计师组成了设计团队。从取名开始就想探索传统中国风与现代化审美相结合的无限可能性。代数中，n 取义于非负整数集，代表现代化的西方无穷。在中国，9 是数之大者，代表传统的东方无穷。n9 希望成为一扇窗，通过产品和设计，向大众传达一种可能性、一种美学思考，表达出年轻人对传统美的理解。

n9 的"出场"也很现代。

颠覆了以往任何一款产品的发布，2018 年 4 月 2 日，n9 首次面世是以京东众筹的方式。17 天内，众筹金超过 60 万，远超目标金额，创书写工具类目的新高。

4 月 20 日，在北京故宫品牌发布会上 n9 品牌宣告诞生。

7 月 25 日，n9 正式登陆线上京东销售。首月，n9 京东自营店日均销售额万元以上，京东采购金额达到 100 万。

7 月 27 日，线下实体首秀，正式开始在各大书店以及文具集合点亮相。

n9 的作品也件件漂亮。太极系列、道一系列、故宫联名锦鲤系列、2020 子鼠系列、鲤跃系列、书卷系列、晷迹系列、桐君系列、荧荧系列……每一款，都是一个主题、一个故事。每一款，都是匠心之作。每一款，也都是走红爆款。

如今，n9 品牌已经推出 15 个系列 30 多款产品，累计销售 200 万支，总销售额 4000 万元。

2019 年 10 月 21 日，"匠心智造・预见未来"千名企业家大会在杭州隆重举行。贝发集团董事长邱智铭应邀出席并发表了《数字时代，匠心精神》的主题演讲。他认为，运用数字化思维，贝发走出了一条从制造到文创供应链到平台的战略发展之路。而贯穿其中的，就是匠心。

在邱智铭看来，匠心的核心在于利他。所以，在贝发，公司平台化、全员创客化、价值共享化，集团通过思维、模式、机制的变革让每个员工为自己干，这样才能真正成为一个具有匠心精神的可持续发展的企业。

凭着这个匠心，贝发集团拥有制笔五大核心技术，是国家级知识产权示范企业，目前拥有 3300 多项专利，平均每三天研发一个新产品。贝发圆珠笔获得了第三批国家制造业单项冠军产品。

如今，贝发在全球拥有 15 亿用户，与北美、欧盟等区域发达国家的 10 多万家零售终端建立了广泛的联系，在全球有 1000 多个核心客户和分销商，有着 100 多个不同的渠道和业态。

第七章　匠心

铸造的火候

2020年11月13日，日月重工股份有限公司会议室，行政总监韩松在对面坐着。

从2017年的市级单项冠军示范企业，到2018年的中国铸件行业协会冠军再到2019年国家级制造业单项冠军，日月的发展一年一个台阶。风电铸件这一冠军产品占日月全部产品的85%左右。韩松参与了企业申报单项冠军的全过程。

作为一个铸件企业，日月的上游是生铁、废钢、辅助材料等原材料供应企业，下游是风电等整机企业。15年前，在我国风电整机制造企业崛起的时候，日月抓住了时机，成功开发出风力发电机轮毂、底座等大型铸件。伴随着中国风力发电事业的跌宕起伏，日月凭借质量和市场占有率迅速成为国内铸件行业的龙头老大。

日月的产品好在哪里呢？

可是，会议室里的对话似乎有些不在一个层面。隔行如隔山，发问的人一脸懵懂、回答的人恨铁不成钢。

讲了半天原理无解后，韩松拿起桌子上的杯子打起了比方："比如做这个杯子，我们不是把形状简单做出来就好了，而是赋予它很多更高的性能。例如在抗疲劳程度上，如果需要它在一个机器上不停地运转，我们要保证它运转成千上万次不会发生断裂，不会发生变形。日月生产的风电铸件，在强度、延展度、抗拉力度、抗腐蚀性等方方面面都会考虑充分、做到极致。"

"所以，你们用的是一种革命性的技术？"

"怎么说呢？"韩松的表情有些无奈，"我刚才讲的东西不是技术，是性能。"

他从头讲起："铸造已经有几千年的历史。传统的铸造过程就是，把铁水放在炉子里加热化成高温铁水，把高温铁水倒到模子里，等到冷却了以后，把模子敲掉，铸造的东西就成型了、就出品了。但是这里面有很多细节。例如，如果铁水浇进去时是1500度，那是让它自然降温还是采取快速降温？方式的不同会影响里面的内在组织性。如果说自然冷却需要两天，那么选择一天还是一天半加速冷却？这也会导致性能出现差异。在快速降温的时候需要做外围降温处置吧？在周围循环制造冷风时，风的强度、时间、距离等等这些设置如果有差异，对铁水内在纹理的影响也会不一样。"

"还有一种情况。热胀冷缩是大家熟知的普通常识。倒进去的铁水高达1500度，模具1米高，倒满了，以为铸件也是1米。可是冷却过程中铁水会收缩，这就会出现一种现象，最后成型可能只有99厘米了，缺1厘米，这还是针对比较规则的模具而言。如果模具是不规则形状，交界地方的收缩度不一样，那就很容易导致在交界的地方出现断裂纹，影响后面使用时的强度。"

这就是传统铸造总会遇到的难题。

"很多人都在探究铸造的核心是什么？我认为铸造可以很形象地比喻为炒菜。所有人都可以看到这个菜谱，1万个人拿着同一份菜谱、同样的原料炒出来的菜肯定是1万个味道。但是只有掌握了火候的人才是大厨。这个火候就是细节，铸造的核心也就是细节。我们在铸造的过程中往里面添加金属元素，什么温度时添加、添加多少、添加了以后需要在哪个温度保持多长时间、铁水出来了浇到模子里的时候是 1 分钟之内把它浇进去还是 5 分钟把它浇进去，每一道工序的操作不同都会造成不一样的结果。这需要我们在生产过程中不断地琢磨总结。所以，我们公司有 107 项专利，46 项发明。"

"绝活"还不止于此。韩松再次科普："在化学上，铁和钢铁都是 Fe，都是铁原子，区别是什么？碳含量。或者是说铁的杂质低到一定程度它就是钢。"

"这就相当于从矿石里面提炼出来的石头和玉的区别，是这个意思吗？"

终于对了一回。

"对，铁是石头，钢相当于玉。碳含量低于多少、金属杂质低于多少就是钢，所以钢的强度、延展度就明显要好。大家都知道从铁变成钢，途径就是炼。炼钢需要成本，以前都是大成本。但是现在，我们公司用球铁件替代了铸钢件，从另一方面进行了突破。对于客户来讲，他们既拿到了与钢相似的性能，又享受到了铁的成本。这对机械行业来讲就是一个重大支撑，我们把最终机械装备的成本降下来了。"

韩松是 2010 年从杭州"加盟"过来的。当时日月正准备上市，所以，韩松在那段时间把公司的历史梳理了个透。这就解了他之前的疑惑："我来的时候想，一个低端的制造业，净利率在 5% 已经算可以了，可日月却是 15%，简直不可思议。肯定有它独到的东西。"

破了韩松困惑的是两点：

第一，董事长傅明康不仅非常敬业，更是非常有战略逻辑规划。"相比于常规表述的战略规划，我在中间特意加了逻辑两个字。就是无论产品也好、投资也好，无论短期也好、中期也好、长期也好，我们要做什么都是有着清晰的逻辑的。"

第二，日月股份深入骨髓地追求一种极致的核心竞争力。这个核心竞争力在韩松 2010 年来的时候表现为一种极致的成本文化，发展到今天，就是追求极致的核心竞争力。对制造业来讲，在市场的核心竞争力就是品牌、质量、成本。其中成本是最基础的，在成本控制情况下通过研发来保证质量，自然而然地形成了品牌、占有了市场份额，在同行业中处于竞争优势。

当企业完成上市的时候，董事长傅明康反问韩松："现在你们知不知道为什么我们的净利率比别人高出这 10%？"

其实，不仅韩松懂了，所有的人都懂了。从原材料采购开始一直到产品交付客户，这中间就看你能把它划分成多少个环节。如果有 100 个环节，每个环节都比竞争对手的成本低千分之一，那 100 个环节累加出来就是 10%，这就是日月的极致。所以，日月股份里，总有客户厂家代表在这里盯着，"你一天做多少个产品，里面有几个是他的。他们都看得紧着呢。"

在日月，白天吃饭的时候食堂的灯是关着的，每一个会议室、办公室没人的时候也都是黑着的。

每一个人都是这样自觉负责的。

也因此，日月的年产量已经从 2016 年的 15 万吨提高到 40 万吨。如今，全球风电铸件市场的年产量 120 万吨，70%~80% 的市场份额是在中国，其次是欧洲，还有印度。中国的生产厂家里，具备 10 万吨以上生产能力的，也就四五家，日月占全球的 1/3。全球前十大风电主机厂都是日月的客户。国内市场里日月的份额也已经接近一半，高于后面几名的产量之和。

即便是疫情期间，也仅仅是晚开工了十几天，后面抢工期抢进度都抢回来了，订单没有影响。

……

第七章 匠心

宁波是红帮裁缝的故乡。

"讲一个故事给你听。"

"清代,一个叫钱泳的人写了一本《履园丛话》,里面记录了一个宁波裁缝。这个裁缝在裁衣时什么都问,问性情、年纪、状貌、何年得科第,却独独不问尺寸。知道为什么吗?他说少年科第者性傲,胸必挺,需前长而后短;老年科第者心慵,背必伛,需前短而后长。性子急的人衣服宜短,性子慢的人衣服宜长。"

讲这个故事的是宁波市服装协会专业定制委员会主任姚玉莲。

这就是宁波红帮裁缝得以名扬天下的奥秘。

红帮裁缝发轫于清末民初。宁波开埠后,不少裁缝开始为外国人裁制服装。因为当时习惯于将外国人称为"红毛人",红帮裁缝之名由此而来。此后,红帮裁缝在上海滩成为20世纪上半叶最为耀眼的服装制作群体,并由此走向世界。

凭着一把剪刀、一把尺子,宁波的红帮裁缝创造出中国第一套西装、第一套中山装、第一家西服店、第一家西服工艺学校、第一部西服理论专著,占据了近现代中国服装史的主体。

时光前行。站在改革浪潮前沿的宁波,继续创造着新时期服装业的一个又一个高点。雅戈尔从两万元起步到全球化布局,从小作坊走向千亿级"服装王国";罗蒙创造了中国服装界15项第一,每年以100万套的定制服装成为行业的隐形冠军;杉杉成为中国服装业第一家上市公司;洛兹、太平鸟、培罗成等品牌形成了宁波男装第二集团军。21世纪初,宁波已经成为中国服装的最大制造基地和出口城市。

所有这些,用一个词可以解释,那就是"匠心"。

第八章 定音

一面铜锣的问世是一锤一锤打出来的,顺序是从周边到锣心。

从下料开始,熔炼、锻造、定型、校正、抛光,十多道工序后,铜锣铺的伙计开始叮叮当当地锤,寻找那个最终的共鸣点。当接近那个最终点的时候,伙计会把锤毕恭毕敬地交给掌柜。只见师傅手起锤落,或轻或重的那一锤打在了正中心,或高或尖的锣音也就定了性。

千锤打锣、一锤定音。

说了算的,是那定音的锤。

一流的企业卖标准

在一个行业里,谁掌握了标准的制定权,谁的技术成为标准,谁就掌握了市场的主动权。这是毋庸置疑的事实。

下面的这两张表格来自宁波市市场监管局,制作时间是2020年8月,分析对象是当时在册的39家宁波的国家级制造业单项冠军企业。

表一：宁波国家级制造业单项冠军企业国行标准数量表

企业名称	国标计划	国家标准	行业标准	行业名称
海天塑机集团有限公司	3	8	0	专用设备制造业
宁波德鹰精密机械有限公司	0	0	2	专用设备制造业
宁波激智科技股份有限公司	0	3	3	计算机、通信和其他电子设备制造业
东睦新材料集团股份有限公司	2	2	0	金属制品业
宁波慈星股份有限公司	0	3	1	专用设备制造业
得力集团有限公司	8	7	10	文教、工美、体育和娱乐用品制造业
宁波弘讯科技股份有限公司	0	5	0	仪器仪表制造业
宁波亚德客自动化工业有限公司	3	12	1	通用设备制造业
宁波柯力传感科技股份有限公司	1	0	0	仪器仪表制造业
宁波戴维医疗器械股份有限公司	1	0	1	专用设备制造业
宁波申菱机电科技股份有限公司	3	1	0	通用设备制造业
宁波博德高科股份有限公司	0	1	0	金属制品业
宁波合力模具科技股份有限公司	0	5	0	通用设备制造业
浙江大丰实业股份有限公司	1	2	2	专用设备制造业
宁波赛尔富电子有限公司	0	1	0	电气机械和器材制造业
公牛集团股份有限公司	9	26	0	电气机械和器材制造业
宁波天生密封件有限公司	8	5	3	通用设备制造业
贝发集团股份有限公司	4	7	15	文教、工美、体育和娱乐用品制造业
宁波方太厨具有限公司	11	32	2	电气机械和器材制造业
宁波江丰电子材料股份有限公司	5	2	6	计算机、通信和其他电子设备制造业
宁波旭升汽车技术股份有限公司	0	1	0	汽车制造业
日月重工股份有限公司	0	7	0	金属制品业
宁波三星医疗电气股份有限公司	6	17	0	仪器仪表制造业
宁波埃美柯铜阀门有限公司	5	17	11	其他制造业
宁波家联科技股份有限公司	3	3	0	橡胶和塑料制品业
广博集团股份有限公司	1	4	6	印刷和记录媒介复制业
宁波舜宇仪器有限公司	1	18	0	仪器仪表制造业

续表

企业名称	国标计划	国家标准	行业标准	行业名称
康赛妮集团有限公司	0	1	3	纺织业
宁波永新光学股份有限公司	1	53	0	仪器仪表制造业
百隆东方股份有限公司	0	1	8	纺织业
宁波长阳科技股份有限公司	0	1	1	计算机、通信和其他电子设备制造业
万华化学（宁波）容威聚氨酯有限公司	2	0	0	化学原料和化学制品制造业

表二：标准制修订国家级制造业单项冠军行业分析表

行业名称	国标计划	国家标准	行业标准	总数
纺织业	0	2	11	13
印刷和记录媒介复制业	1	4	6	11
文教、工美、体育和娱乐用品制造业	12	14	25	51
化学原料和化学制品制造业	2	0	0	2
橡胶和塑料制品业	3	3	0	6
金属制品业	2	10	0	12
通用设备制造业	14	23	4	41
专用设备制造业	5	13	6	24
汽车制造业	0	1	0	1
电气机械和器材制造业	20	59	2	81
计算机、通信和其他电子设备制造业	5	6	10	21
仪器仪表制造业	9	93	0	102
其他制造业	5	17	11	33

图表会说话，告诉人们当时的39家国家级制造业单项冠军企业平均参与国行标制定超过了10项。宁波市市场监管局的解析显示，从纺织业到印刷和记录媒介复制业，从文教、工美、体育和娱乐用品制造业到化学原料和化学制品制造业，从橡胶和塑料制品业到金属制

品业，从通用设备制造业到专用设备制造业，从汽车制造业到电气机械和器材制造业，从计算机、通信和其他电子设备制造业到仪器仪表制造业再到其他制造业，"宁波制造"都充满了权威的话语权。截至2020年8月，据市场监管局不完全统计，这39家企业完成主持或参与制修订国家标准245项，主持或参与制修订行业标准75项，正在参加国家标准制修订的有78项，合计398项，平均每家企业超过10项。

"世界因得力而美好"

得力刚刚过了"不惑之年"。1981年，它从宁海辛岭五金厂开始起步。

谁也不会想到，40年的时光变迁，它会成为中国最大的办公与学习用品产业集团、全球多工作场景整体解决方案的领导者。从文具产业扩展至办公产业，再从传统办公产业拓展至智慧办公产业，得力的办公设备、打印设备、金融机具、安防监控、视频会议系统和大数据，不仅提供了硬件产品，而且还在系统和软件方面为用户提供服务。丰富而完整的产品集群，全方位满足了企业级用户一站式整体采购的消费需求，同时也给更多的个人消费提供了多样化与个性化的产品选择。

于是，在G20杭州峰会、"金砖五国"厦门会场、"一带一路"北京高峰论坛等重大国际会议上，得力的产品惊艳亮相；在全球6大洲130多个国家和地区的土地上，得力的客户随处可见；在联合国机构长期供应商的名单里，得力的名字赫然在目。

他们希望，世界因得力而美好。

他们如何给世界带来美好？

首选当然是产品。

得力集团坐落在宁波市宁海县。海静境宁，1700年的建县史、900年的晒盐史、600年的围垦史，宁海最终成为闻名遐迩的"五匠之乡"。模具、文具、汽配、灯具、五金机械、电子电器作为传统特色行业成为宁海经济的压舱石。

1981年，刚刚成立的辛岭五金厂跟周边企业一样，只是生产模具和五金。从1988年开始，企业进入文具行业，推出了桌面办公盒901。

从此一路高歌。

1995年，"得力"品牌注册并使用。

2000年，初步完成订书机、文件夹、计算器、书写工具等综合文具产品线布局。

2003年，推出首台自主研发大容量碎纸机9900。以此为起点，全面切入办公设备领域，并陆续推出了考勤机、点钞机、装订机、收银机等办公相关设备。

2014年，从"综合文具生产商"战略调整为"办公整体解决方案提供商"，"得力文具"成为"得力办公"。

2015年，组建打印机研发团队，正式进入数码打印领域。

2016年，"提供多工作场景整体解决最优方案"能力构建正式展开。成立得力（武汉）智能研究院，基于"得力e+"的物联网产品智能应用和得力云大数据平台的建设宣告启动。

2017年，正式确定"集成化、智能化、品牌化、国际化"四大未来发展战略。

2018年，得力办公商城完成升级并更名为"集什商城"，面向企业级用户集成化采购的 B2B 垂直电商战略全面开启。

2019 年，激光打印机和喷墨打印机同步上市，得力成为国内唯一一家同时掌握激光、喷墨两项打印核心技术的企业。

2020 年，得力普乐士家具上市，"提供多工作场景整体解决最优方案"能力得到进一步完善与强化。

……

从硬件到软件，从产品到服务，从国内到国际，得力形成了一个完整的链条。他们围绕企业用户与个人用户，基于不同的工作和学习场景，构建起模块化产业链，通过科技与创新沟通互联世界。

办公用品、学生文具、打印设备、专业工具、办公家具、时尚文具、体育用品……100 万个商品在"集什商城"这个 B2B 采购电商平台都能实现。这是得力打造的一个专业的政企采购电商平台，围绕七大用户场景化的产品需求展开品类构建，全方位满足政企用户一站式整体采购需求。就在新冠肺炎疫情笼罩的 2020 年，这个平台的业务量增长了 80%。

年表，浓缩了结局。可年轮里的沟沟壑壑却只有走过的人才知道。

伴随着文具产业的原始生长，得力开始在市场与制造两车道同时布局。2000 年的时候，得力已经跻身国内文具行业龙头企业之列，工业产值 2.8 亿元，员工近千人。也是在这个时候，得力开始在全国招聘人才，营销的、制造的，只要用得上的都要。此时，产业的边界也开始放宽，综合文具产品线的发展逻辑逐渐清晰。到 2007 年，集团工业产值达到 12.4 亿元，员工人数增加到 4500 人。

可细细算下账，人均产值居然还是那么多，没有提升。

而此时的用人，却显而易见比 7 年前困难了很多。人力成本快速增长不说,"用工荒"几乎在每年的春节后都让企业发慌。

"传统意义上的劳动密集型产品,不一定要用劳动密集型方式生产。"找寻出路,集团总裁娄甫安将方向瞄准了生产方式的改变。

从技改开始的研发,成了得力的生长季。

如今的得力每年有 1000 多个新产品问世,以保障得力在业内持续保持全球创新领先。企业至今总计拥有近 2 万种自产产品。这些产品由 3000 多研发人员集体奉献,涵盖了工业设计、平面设计、用户研究、创新研究、品质管控、项目开发等职能。然后拿到国内 110 多家分公司、国外 8 大区域营销。

娄甫安讲述了打印机的例子。

从 2015 年开始组建研发团队,到 2019 年产品上市,得力在打印机一项上总投入超过了 5 亿元,至今没有盈利。

"那为什么做?"

"时至今日,中国市场 90% 的打印机还都是国外进口的。可想想冰箱彩电这些家用电器的国产化道路,想想企业的社会责任,我们要提前布局。"

用过喷墨打印机的人都知道,墨是打印机耗材里最贵的,因为所有的打印机设计里,墨与喷头一体不可拆卸,换墨就要换喷头。可在得力的自主研发里,两个东西却是独立分离的。"当一瓶墨用完之后,只要直接换墨就可以了。"所以,得力的喷墨打印机比激光打印机的成本还要低。

得力成为国内首家拥有喷墨打印头研发、制造技术的厂家。

得力的话语权远不止于此。

国家标准方面,得力主导和参与制定了文具用品术语及分类、学生用品安全通用要求等标准。

浙江制造标准方面,得力主导和参与制定了碎纸机、订书机、电子计算器、商务签字与笔芯、橡皮擦等标准。

团体标准方面,得力主导和参与制定了包书膜与书套、橡皮擦、文具及零部件中挥发性有机物的限量要求等标准。

行业标准方面,得力主导和参与制定了环境标志产品技术要求以及文具、订书机、固体胶、美工刀等标准。

保持强劲的发展势头,得力先后获得"国家级企业技术中心""国家级绿色工厂""中国文教用品行业十强第一名""中国民营企业500强"等荣誉称号。

在得力的愿景图里,企业将持续强化办公整体解决方案输出能力,在智能打印、数字化交互设备、云平台建设、金融支付等领域持续探索和发力,推动企业持续快速成长,为社会高质量发展贡献力量。

这家公司能"上天"

2020年12月10日,浙江万里学院。宁波永新光学股份有限公司总经理毛磊作为兼职思政导师,和大学生们进行了一场对话。

他说:"以前,我参加了20年的我们行业国际标准会议,一直希望有一天能够自己去制定一次。但是我没资格,因为那时的我们还不够强大。"

毛磊讲的以前是2015年以前。从这一年开始,永新光学进入主导制定国际标准ISO9345《显微镜成像系统及部件的重要尺寸》的研究。

"直到2019年第33届显微镜和内窥镜国际标准化会议上，ISO9345（显微镜）国际标准正式发布。这是历史上首次由中国人主导的显微镜领域的行业国际标准。我是作为组长来发布的。"讲到这里，回报他的是台下热烈的掌声。

首个国际标准，填补了我国在显微镜领域主导制定国际标准的空白，实现了零的突破。同时，也意味着在世界范围内，在光学精密仪器领域，中国人第一次拥有了话语权和主导权。

永新光学的产生，本就是一段家国情怀的故事。

1997年，香港实业家、"纺织大王"、宁波帮的代表人物之一曹光彪先生回到了家乡。为民族工业做点事，为家乡做点事，他旗下的香港永新光电并购了宁波光学仪器厂，更名为宁波永新光学仪器有限公司。那时的宁波光学仪器厂，就像流不动的水。20世纪50年代成立，500多个员工，销售收入还不够开工资的，银行有债、现金无流。

这一年，也是浙江大学百年校庆。曹光彪先生出席校庆仪式并捐赠了6000万元人民币。在与学校的沟通中，他提出了一个请求，希望浙大光学系的导师们推荐一个人来管理即将成立的永新光学，条件有二——既懂技术又有国际视野。

不同的导师推荐的是同一个人。

毛磊就这样"被选中"。

1978年以优异的成绩被浙江大学光学仪器系录取的毛磊是江苏人。大学毕业后他进入了当时中国最大的光学显微镜生产厂——位于南京的江南光学仪器厂工作。1997年的时候，36岁的他已成为总工程师，有过日本研修的经历，也有过和顶尖同行、日本尼康合作的经验。

就这样"跨界"，从专业人士到了管理者。

莱卡、尼康、佳能,那时的世界显微镜市场,都是别人的名号。

接手时,之前的困境不说,雪上加霜又遭遇了亚洲金融危机,订单量少了三分之二、产品更卖不出去。

"生产更高毛利率的产品才能不亏损",这个朴素的道理支撑着当时的毛磊。没有好的产品,他就晚上画图做设计,白天把图纸拿到公司来生产。

1998年,一个来自美国的订单给予了永新转折的机会。

一家美国公司想在中国寻找能生产激光条码读取镜头的企业。机缘巧合,寻到了永新。初见,从上午讨论到下午。再见,永新团队在第二天一早拿出了设计方案。当即,50万的订单敲定,生产性能不变、价格更有优势。

慢慢地,永新光学打破了单一传统显微镜生产,向与光学、电子厂商配套的核心光学部件拓展,并成立信息光学元件事业部,将传统光学带入了电子信息产业。

"企业盈利,只有两种方式,或者两种方式并存。一种是领先于别人的工艺与技术,别人和我没有可比性,所以我有很强的定价权。一种是规模,用更大的规模去盈利。永新光学选择的是前者。用更好的功夫来做更好的产品、获取更大的利益。"毛磊这样告诉那些渴望了解中国制造的大学生。

在永新光学一楼的陈列室,几百件展品如同一条光阴走廊,记录着这个企业短短25年的辉煌。小到只有1毫米的光学镜片,大到10个医生可以同时工作的多人观察显微镜,无一不让人感叹科技的神奇。惹眼的,还是应用在我国探月工程中嫦娥二号、三号、四号上的多款星载光学镜头。

"嫦娥二号、三号、四号在月球拍照片使用的镜头是我们做的。"毛磊做了通俗的解读，"还有条码扫描的光学镜头，我们是这个细分行业里的龙头企业。全世界的条码扫描枪里面的光学识别都是我们做的。未来，在自动驾驶里面的光学产品、激光雷达都会有我们的部件。"

更值得自豪的，是2021年4月29日。

那一天，南海之滨，椰风习习。中国文昌航天发射场，11时23分，巨大的轰鸣声中，长征五号B遥二运载火箭托举着中国空间站"天和"核心舱直上九霄。在这个"我国自主建造、产品全部国产化、关键核心元器件百分之百自主可控"的空间站里，永新光学研发的太空显微实验仪随着一起升空。

在核心舱经历50天太空遨游后的6月18日，毛磊的微信朋友圈被朋友点赞点到爆。他写道：昨天上午，神舟十二号发射成功，并与"天和"核心舱成功对接。三位宇航员顺利进入核心舱。终于见到了"永新造中国太空显微镜"——就在五星红旗覆盖的地方。

这是我国首台太空显微实验仪，可以对太空微重力环境下的细胞进行观测，还能助力航天医学及空间生命科学研究，探索宇宙中的生命奇迹。

学光学的毛磊对显微镜有着独特的理解。显微镜的贡献在哪里？由于看到了细菌，防止了很多人的感染与死亡；由于看到了病毒，找到了办法对付它。未来，则可以看到细胞，可以控制癌症的发展甚至消灭。这就是科学仪器的价值所在。

"但是，我们这个行业到现在为止，与国际的差距还非常大。在高端光学仪器，如超分辨光学显微镜、纳米级光学检测仪器的研究和产业化等方面还有明显差距。"永新光学正在努力奔跑。近年来,他们生产的科研级显微镜逐渐走进了清华大学、浙江大学、上海交通大学等国内各大院校的实验室。

在发布 ISO9345(显微镜)国际标准的同一年。2019 年 1 月 10 日上午,北京人民大会堂。凭着"超分辨光学微纳显微成像技术"项目,永新光学在国家科学技术奖励大会上捧得国家技术发明二等奖。

25 年的发展史,永新光学实现了销售收入年复合增长率 17%、净利润年复合增长率 24%,主要聚焦在显微科学仪器和核心光学部件。2018 年,公司在上海 A 股主板上市成功,当年的集体企业如今已经拥有数十亿市值。上市后的公司迈上了新台阶,完成了新厂区的建设。崭新的厂房、崭新的生产线、崭新的活力。公司研制的重大科学实验装备 —— 激光共聚焦显微镜在 2021 年实现了商品化销售,打破了国外多年来的市场垄断。

2022 年伊始,国家发展和改革委员会等部门发布了《关于印发 2021 年(第 28 批)新认定及全部国家企业技术中心名单的通知》。永新光学正式入列国家企业技术中心名单。

从一点红到百花开

作为全国制笔标准化委员会秘书处单位,贝发集团股份有限公司主导、参与制修订国家及行业标准 50 多项、浙江制造团体标准 6 项、企业标准 55 项、检验标准 276 项、工艺文件 136 项。同时,贝发还组建了中国制笔产业技术创新战略联盟,并通过了认定,成为制笔行业唯一一家实施"两化融合贯标体系"的试点单位。

作为中国静密封行业的领导者，宁波天生密封件有限公司深耕小小密封件领域，主持或参与的制定、修订国家、行业标准有16个。公司获得各类荣誉、科技奖项100多项，其中2010年度获国家科技进步二等奖、2018年度获国家技术发明二等奖。自主研发专利30多项，其核心技术通过写入标准，变为行业进入门槛，打破了国外产品垄断。

作为行业的领跑者，宁波慈星股份有限公司先后成立了省级重点企业研究院、中国纺织机械行业电脑横机产品研发中心。公司以第一起草单位的身份主持制定了电脑针织横机、电脑无缝针织内衣机、高速丝袜机三个行业标准，主持起草了两项国家标准、一项浙江制造团体标准，参与制定了一项国家标准，编写了两部技术专著，在行业的科技进步里写下了自己的篇章。

作为宁波市汽车零部件产业协会会长单位，帅特龙集团有限公司主导制定了机动车门手柄的第一项标准《乘用车车门内开拉手总成》，联合行业制定了《汽车配件产品信息追溯指南》《乘用车非功能性内饰件通用要求》等团体标准。

作为中国电器工业协会电器附件及家用控制器分会副理事长单位，公牛集团参与起草国家标准、行业标准和团体标准35项，是行业第一家承担"浙江制造"标准起草并取得认证的电工企业。这样的底气，正在助力它从国内行业老大朝着国际民用电工领导者的愿景迈进。

……

从一点红到百花开，宁波单项冠军企业制修订的标准不仅彰显了自己在行业的地位和话语权，同时也带动了相关行业的整体生产制造水平。事实证明，宁波的产业优势和企业在国家及行业标准制定的参与度呈现了正比态势。也因此，将一个产业聚成了合力，形成了地区竞争力。

在宁波市经信局的统计中，截至2020年，384家单项冠军及培育企业制定技术标准总数为1989个。其中，主导修订的技术标准总数582个，包括国际标准3个、国家标准215个、行业标准364个；参与修订的技术标准总数1407个，包括国际标准35个、国家标准675个、行业标准697个。在技术标准产业领域方面，关键基础件、高端装备、新材料、电子信息、文体用品等五大领域技术标准1440个，占全部总数的72.4%。

标准，总是与专利一体的。

以这384家单项冠军及培育企业为样本的调研显示，截至2020年，这些企业累计拥有专利42762项、有效发明专利8733项，平均每家企业拥有有效专利111项、有效发明专利23项。拥有有效专利数20~50项的企业有114家，超过百项的企业有111家。方太厨具、公牛集团、得力集团、乐歌人体工学科技、舜宇光学、舜宇光电、贝发集团、继峰汽车、三星医疗电气、月立集团、公牛电器、东睦新材料这12家企业的有效专利数超过了500项。方太厨具更是一骑绝尘，超过了4000项。

专利，又是与研发分不开的。

同样以这384家单项冠军及培育企业为样本。

2020年，有259家企业设立了省级及以上研发机构，其中有29家国家级研发机构、230家省级研发机构。加强对全球创新资源的充分利用，这些企业逐步布局海外研发机构。有54家企业设立了海外研发机构103个,其中得力集团、三星医疗电气、宁波利时、音王电声、继峰汽车等企业每一家都有超过4个海外研发机构。

2020年,这些单项冠军及培育企业的研究与试验发展(R&D)经费支出总额为205.07亿元,占主营业务收入平均值的4.89%。其中,占比集中在3%~7%区间的为大多数,有302家,占全部企业数的78.65%;更有15家企业超过了10%。

2020年,这些单项冠军及培育企业的R&D人员总数为55635人,平均每家企业147人,占全部职工人数的17.87%。占比集中在10%~20%区间的企业有273家,占全部调查企业的71.09%,更有7家企业超过了50%。

……

或许,这也是宁波在全国拥有最多的单项冠军企业的原因。

同样,这也是宁波打造单项冠军第一城的底气。

得标准者得天下。

第九章 品 牌

看到过一种解释。

古斯堪的纳维亚语里有"brande"一词，燃烧的意思。来源于生产者将自己的印章点燃，烙印到产品上。由此，衍生出了品牌这个词。

无独有偶，地球的另一角，中国的春秋时期，一个词目开始出现，这就是"物勒工名"。勒，刻的意思。这是一种从春秋时期开始实行的制度，器物的制造者要把自己的名字刻在上面，以方便管理者检验产品质量。这个词在《吕氏春秋》里被首次提到。在《唐律疏议》里有了明文记载："物勒工名，以考其诚，功有不当，必行其罪。"此后，这一制度逐渐演变成了陶瓷器上的款识。

无论在时间还是空间都相隔那么遥远的两个地方，不约而同地证明了一个道理，人要对自己负责。

若从这个起点出发，品牌就是企业的第二张脸。

埋头做质量，放手打品牌。单项冠军企业的成功经验上，一定有这一条。

1.5 英镑和 9.9 美金

如今的企业,哪里会有董事长依旧兼任着品牌事业部经理?

广博集团董事长王利平就兼着。

"作为纸品文具的单项冠军企业,广博一直紧跟市委、市政府关于制造业转型升级的统筹部署,在研发上不断加大投入,在技术和工艺上瞄准国际行业技术前沿,相继从美国、加拿大、日本引进高级技术人才,组建了文具新材料研究院,拥有多项国家专利,参与制定多个全国性的产品标准。目前,广博已拥有潮流生活文具 kinbor 和时尚办公文具 fizz 两大品牌,在文创产业持续深耕,不断加强产品技术创新,提升品牌影响力,带动相关产业向深层次多领域发展。"

这是王利平在 2020 年 7 月一个会议上的发言。

开始有品牌意识,是 1994 年。在那之前的两年,1992 年"小王厂长"王利平接手濒临破产的企业,1993 年勇闯广交会拿到了订单、救活了企业。

1994 年,王利平跟随中国印刷企业企业家代表团去美国芝加哥参加国际博览会。会场展厅里,王利平看到了自己生产的产品。没错,就是广博为英国人加工的那批产品,贴上了人家的标牌后,在博览会上以高出 6 倍的价格在出售。

这不仅是震惊,更是一种刺痛。1.5 英镑和 9.9 美金,看似数字之差,实则品牌之痛。

从广州、香港到美国,在最初的三年里,王利平的眼界逐渐被打开了。一个企业经历过生存、稳定阶段之后,想要发展,必须提高自身价值。这个价值就是做自己的产品、创自己的品牌。1996年,企业更名为浙江广博文具发展有限公司,注册商标"广博"。

那以后,广博用了四个五年计划,实现了从贴牌到品牌的华丽转身。

第一个五年从1996年到2000年,广博从东方印刷厂转向了文具。这是大练内功的五年。大规模地海外贴牌加工,全球的厂商他们都去对接,为的是了解、适应,然后提高自己的管理。其间,他们在香港、在中东地区、在美国都成立了自己的公司,为未来打着基础。

2001年,第二个五年开启,这是贴牌与品牌共同发展的过程。王利平说这个阶段"更加痛苦"。因为原来贴牌的时候人家还给你做,现在客户需要重新认知你,甚至提防你了。"但是没有这个痛苦,企业成长不了。"因此,这个阶段的广博大力发展国内市场,大力招揽人才,包括设计人才、管理人才、销售人才。

2006年到2010年,是广博提升自有品牌的一个重要的节点。因为之前的国际布局,广博从中东地区、美国、新加坡、挪威、瑞典招揽了30多人组成的人才团队,支撑起公司设计、研发、销售、管理的核心力量。目前,这些人大多数依旧还在。

2010年到2015年,广博实现了品牌输出。"进入别人为我们贴牌在海外销售的阶段了,由我们选择合作伙伴。如今,广博的上下游共有国内外100多家企业为广博贴牌。"王利平说。

品牌后面有着数个强有力的支撑因素。"人才、设计、品质、销售、管理,都是。"董事长王利平,同时是品牌事业部的经理。

如今的广博文具产品类别有3000多种,给全球100多个国家和地区的使用者带来了享受。从注册"广博"商标,到中国驰名商标、中国名牌,到中国文具行业标准的制定者,广博之路,就是品牌之胜。

在广博集团的文具陈列室里,文具已经颠覆了传统上的认知。

Kinbor,是针对15岁到35岁的年轻群体而设计生产的时尚文创产品。

德国设计师设计的fizz品牌,针对的是高端办公群体。

除了传统的办公风,这里到处都是添加了各种流行元素的学生文具,还有被称为"手账"的全新笔记本。传播的,是以中国文化为主的儒家思想、乡土风情、福文化等。

"晚安故事"系列本册、"美女与野兽"系列手账,时尚元素在文具领域有了生态延伸。

根据《盗墓笔记》设计的产品,采用"互动"形式,同时还利用紫外线技术,将手账与小说情节结合起来。

"花木兰"系列让中国传统文化走向国外动漫界。

"天一阁四季"系列则青墙绿瓦,明月透窗,古韵宁波就在眼前。

"渠道细分、客户细分、产品细分,再赋予文具更多文化内涵。在中国制造从中低端到高端的发展道路上,广博有非常强的使命感。单项冠军企业对行业的发展有引领责任。"王利平说。

新的五年已经开启,目的地是"更好"。

国家的利益高于一切

1986年1月28日中午11点38分,美国卡纳维拉尔角太空中心发射基地。

随着倒计时的开始,美国第二架航天飞机"挑战者"号在欢呼声中升空。观看实况的人们目不转睛地注视着它以三倍于音速的速度升到佛罗里达五万英尺的蓝天。

这是它进行的第 10 次飞行,所有人都以为又是一次胜利的探索。

然而,欢笑来不及收回、掌声还在回荡,72 秒后,航天飞机突然变成熊熊燃烧的巨大火球,长蛇般的火焰和黄白色的浓烟坠入距离发射地点 20 英里外的大西洋。燃烧着的飞机碎片,散落在广阔的海面,掉落过程持续了一个小时。

7 名机组人员全部遇难,造成了世界航天史上最大的惨剧。现场无数人失声痛哭。

"一架耗资 12 亿美元的航天飞机失事,就是因为一个密封件泄漏。"与宁波天生密封件有限公司董事长励行根的对话,就是从这个事故开始的。

"7 个航天员的生命值多少钱?一架航天飞机要多少钱?而一个密封件只需要 50 美金。就是这个小小的密封件毁掉了 12 亿美元的飞机。所以说,一个整机里边,每一个零部件都是不可或缺的。密封件也好,螺栓螺帽也好,再小的一个部件,都不可小觑。"励行根喝了口茶,平息了一下。

天生密封件有限公司就是生产密封件的。

天生,坐落在宁波慈溪。这是励行根的家。杭州湾跨海大桥就以这里作为起点。

当年大专毕业后,励行根在张家港工作了三年多。因为想家,他辞去那边的工作回来进入了一家集体企业,做技术工作,研究机械密封。

"研究是一个慢过程,钱扔出去,收回的速度比较慢。一个集体企业没有耐心来等你。看你两年三年没有效益,他就不给你投了。对我来说,其实是把我的路子断掉了,没办法去研究了,所以我就自己出来干了。"

1993年,励行根用2万元自己创立了天生公司,生产高压锅垫圈这类的民用密封件。

但是,他是一个标准的理工男,不放弃自己喜欢的东西。于是,他一边自己做企业一边搞研究。把普通的密封件卖出去,挣来的钱去投入,做自己喜欢的研究,就这样慢慢地积累。

"这个过程太长了,像人家说的吃萝卜一样,剥一口吃一口、剥一口吃一口,做得是零零星星。"

人如企业、企业如人。天生的发展应了励行根的节奏,有能力了扩大一点,有能力了再扩大一点。

"所以我们的厂房凌乱,这里一块那里一块。因为不是一个时期盖的,前后用了七八年的时间呢。"

初期的励行根说只是为了养家糊口才开了这个厂。可是25年后,2018年1月1日,他作为5位企业家代表中的一个,出席了习近平总书记在北京主持召开的民营企业座谈会。

此时的天生已经成为享誉全球的国家级单项冠军企业,主营产品核电站反应堆压力容器C形密封环的市场占有率全国第一、全球第二。它是世界上唯一一家既能生产核一级管道密封产品,又能制造核一级石墨基材的企业,还是大亚湾核电站国内唯一的核电设备供应商、国家能源局第一批核电标准制定单位、国家能源局核电装备国产化企业。

不止于此。天生研发的石墨密封材料拥有自主知识产权,填补了国内空白；阀门密封和管道密封领域处于国际领先水平；O形、C形密封环产品取得了多项创新性成果，彻底打破了国外公司的垄断，成为我国静密封行业国产化的引领者。

这还是一个"亩产英雄"，员工100多人，年产值几千万元。

如此强大的"核能量"哪里来？

励行根最初生产的是民用密封件，也就是高压锅垫圈、水龙头垫圈。转行到现在的核电、军工、石化、船舶、航空航天等重大系统装备领域，一靠契机，二靠从未放弃过的研发。

励行根说，与董事长的称号比起来，他更喜欢把自己归位为科研人员。

在所有重大系统装备领域中，密封件不可或缺。同一个设备里不同的零件需要配套不同的密封件，种类繁复。不仅美国的挑战者号航天飞机"栽"在了密封件上，苏联的切尔诺贝利核电站，也是因为密封不合格而发生了泄漏。

"这是一个以1%决定99%的关键部件。"

这么重要，却一直不被"待见"。因为它实在是太小了，比螺丝螺帽的零部件还小。

可这个小东西，恰恰是被"卡脖子"的部件。作为防止核电站放射性物质外泄的重要零部件，密封环的生产工艺却一直被国外一两家公司垄断着。不仅对中国技术封锁，还售价奇高，甚至做出了严苛的使用规定。

"我们自己为什么不做？"

这也是当初天生公司的疑惑。

产出太小经济价值不高，利润不大做起来还很费力，企业不愿涉猎；学术上算不得高大上的研究成就，大专院校也出现了空当。"更主要的，这个小东西的研制不是一个单独学科就能完成的，因为它包括了化学、结构学、材料学，也就是说需要多学科融合才可以，技术含量很高。真的是既小又复杂。"励行根说。

然而，它又是"国家需要"。改革开放以来，中国的核电事业逐步迈入正轨、发展迅速。一座核反应堆通常需要成千上万个密封环，且每年都要更换。还有航天、石化、船舶等重要领域。

或许，全天下的契机看起来都像是一场偶然。

2004年，天生公司在给一家军工厂做配套密封件。当这家工厂中标巴基斯坦核电站建设的时候，核电站所需的密封件却因为被封锁而没了来处。历史把使命给了天生，由此，天生进入了核电密封件领域。而且，天生研究了三年，那边就死等了三年。

然后，天生又遇到了另一个偶然。

天生公司原来也做管道垫片，认认真真研究了很多年，2007年在国内的一个核电站工程中中标了。本是一件开心事，但同时中标该核电站压力容器C形密封环的国外企业却傲慢地提出了一个要求，如果管道垫片项目不一起打包给他们，那压力容器C形密封环也就不卖给中国了。

就是为了这句话，励行根开始了对C形密封环的研究。

"C形密封环主要应用于核电站反应堆压力容器顶盖与筒体之间的密封，是反应堆压力容器的关键部件之一。当时全世界只有他一家能做C形密封环，我是破釜沉舟去做的。反应堆燃料一年要换一次，密封环也就要一年换一次。如果国外不高兴就卡断的话，我们岂不是要一直任人拿捏？"

"一根 12 米长的弹簧圈绕制，误差不能超过半张 A4 纸的厚度。一个 4 米多长的密封零件，加工精度要控制在 3 根头发丝的宽度以内。"励行根带着科研人员一次次地测试着。忍受的不只是点灯熬夜，还有一次次的失败。

但他的性格里没有放弃两个字。

2010 年，天生公司作为第一完成单位的"核电站密封新技术、新产品及应用"荣获国家科技进步奖二等奖。

2015 年 12 月，由天生公司研制的我国首个 C 形密封环被安装在了秦山核电站的反应堆压力容器上。至此，不仅打破了国际封锁、把国际同类产品价格降低 70% 以上，还实现了主要性能达到国际先进水平、部分性能优于国外同类产品。

2016 年 12 月，首届中国军民两用技术创新应用大赛上，天生公司的 C 形密封环荣获大赛优胜奖。这是由国家工信部、国防科工局、全国工商联共同举办的全国性赛事。

2018 年，"核电站反应堆压力容器 C 形密封环"荣获工信部、中国工业经济联合会制造业单项冠军产品。这一年，天生还获得了国家技术发明奖二等奖。

可是，成功的科研项目却是不赚钱的。

从 2007 年到现在，天生做 C 形密封环 15 年了。"再做 15 年我这个本也收不回来的。从办企业的角度是不合算的。"

"为什么？"

"投入、产出根本不成比例啊。"

"别人做企业、行业投资选择的都是回本快的。你这十几二十年都回不来，为什么还要去投？"

"我们公司墙上一直挂着一句话,国家的利益高于一切。中国已经运营了几十个核电站和反应堆,据我掌握的数字,发电量占我国发电总量的4%~5%。这么庞大的电力,万一有问题就涉及国家安全了。从这个角度来说,我的研究就是国家的需要,就是补国家的短板。民族企业就是要有这种精神。只要国家需要,我们要不惜任何代价地去做。"

不仅核反应堆的密封环,还有管道密封原材料石墨的研制、管道垫片的研制,励行根都已经完成了。

他们研制的石墨密封垫片,直径大的到五六米、小的才15厘米。在石墨基材方面达到当时世界上该类指标最苛刻的法国PMUC(即满足核级标准)要求,不仅填补了国内空白,攻克了由国外垄断几十年的技术禁区,还把价格大幅拉低,有力地推动了我国核电自主化的进程。

天生公司生产的每一个密封垫片都有"身份证",在正式投入核电站使用前经受过最极端的试验,不断提升改进其性能、工艺、结构和功效,以确保每一个密封产品达到百分之百的一流品质。

当核电密封问题解决之后,天生又把视线转向了飞机、火箭、核潜艇的发动机密封系统。

当传统方式解决了问题的时候,天生又开始用创新思维去思考出路。"过去是靠密封件来解决密封的问题,可不可以转换思路,靠自身的力来密封?"励行根进行了颠覆性的探索。这个试验已经进行了5年,试验结果让人欣喜,使用了5年依旧完好无损。这种彻底被改变的密封方式已经由天生在美国、欧盟、日本都申请了发明专利,即将进入产业化阶段。

"密封是个广义的技术,我只不过突破了几个点而已。现在我们与中科院宁波材料所合作,领域前伸,开始对高分子材料的密封件进行研制。只要是被国外垄断的,我都想把它做出来,目前我们手头上还有十几个科研项目在预研中。这样的联合与聚集后,天生就成为密封行业真正的领头羊了。"

如今的天生公司拥有先进的技术、全自动化的生产设备、独特的生产工艺和完善的质量管理体系,设有 CNAS 检测中心、省级高新科技公司研究开发中心,建立的院士专家工作站在 2018 年还被评定为国家模范院士工作站。他们还与清华大学、华东理工大学等高校院所建立合作关系。

多年来,公司获得各类荣誉、科技奖项 100 多项。与此同时,公司拥有授权专利超过 40 项,主持或参与制定国家标准、行业标准 20 余项,是国家能源局第一批、第二批核电标准制定单位。

一个小时的沟通里,话题始终围绕着励行根的科研,还有他对制造业的理解。所以,当听说 2019 年 4 月,他被中国科协提名为中国工程院院士候选人,成为宁波民营企业首位院士候选人时,我丝毫没有觉得诧异。

好产品会说话

三星医疗电气股份有限公司脱胎于 1989 年的鄞县仪表电器厂,33 年来一直专注于仪器仪表制造行业的电能表及电网工程的配套产品。

把一个小电表做到极致,他们的产品已经走进了 50 多个国家和地区。主打的电表在 2018 年实现了国内市场占有率 40.69%，全球市场占有率 27.72%，位居全球第一。以这个成绩单，进入了中国制造业单项冠军产品的荣誉榜。

电表还能玩出花来？不就是记录用电量吗？

他们的智能电表还真有许多"花样"。

这就是一个智能电网的智能终端。除了传统电表基本用电量的计量功能以外，还具有双向多种费率计量、用户端控制、多种数据传输模式的双向数据通信等功能；除了对电能信息进行测量和存储，还能同时对信息进行处理。在整个电网环节中，它可以起到费用结算、对配电网络状态监控和估测、电力需求调节、电能使用状态管理、电网系统远程监控、促进电网体系综合效益提升等等的作用。

为了实现这些功能，三星医疗电气股份有限公司进行了很多技术提升，使得电表能够实现"自我诊断"，将计量误差线性范围从 500∶1 提高到 2000∶1。

更加值得称道的是，如今，每年 500 万套单组智能电能表是在公司的黑灯示范生产线生产的，实现了全自动调试检测、全自动装配、全自动包装、全自动无人仓储，产线自动化率达到 91%。

当功能丰富后，三星医疗电气公司围绕着客户的需求而创新，为客户提供不同的解决方案和服务，也因此成为全球领先的智能配用电系统解决方案提供商。在发展中国家，他们尽力满足其配用电基础设施建设、运营维护、电费支付一体化解决的市场需求。在已经完成电力市场化改革的国家，他们提供营收保障方案，提升供电质量和用户服务，保证电力公司的可持续发展。

近年来，公司先后获得了国家科学技术进步奖二等奖 1 项、国家火炬计划项目 2 项、国家重点产品 2 项、中国电力科学研究院科技进步一等奖 1 项、中国电子学会科技进步奖二等奖 1 项。

一手抓产品品质，一手抓品牌形象。三星医疗电气的品牌营销证明，好的产品会自动吸引市场。

准备进军瑞典市场的时候，三星医疗电气股份有限公司的工作人员做了很多功课。如何保证自家的电表能中标？他们在实地多次走访，一个小小的蚂蚁引起了他们的注意。这种地产的蚂蚁，因为体积小，经常会爬到电表里，看着讨厌不说，严重时会影响使用安全。把信息传回总部，设计人员从源头将电表予以改装。投标时，新颖、安全的电表让对方眼睛一亮，从来没有一家企业能关注到这件小事。三星由此顺利进入了当地市场。

如今，三星品牌已成为浙江省著名商标证书名牌，三星牌电度表被评为"中国名牌"，"三星"商标获得了浙江省著名商标证书并在 44 个国家有相应的拓展。通过全球化的商标注册和管理，公司推进了全球化的品牌发展战略。

好产品会说话，适用于所有的单项冠军企业。比如得力。

得力的行业发展逻辑很简单：文具 — 文具 + 办公用品 — 办公物资 — 办公硬件 + 软件系统。

在办公半径里，提供整体解决方案。

得力选用的代言人从鲁豫到杨澜，都是希望打造知性的独特视角。但是集团总裁娄甫安清楚地知道品牌力是怎么树立起来的。"广告只能提高知名度，但是要实现美誉度，还是要靠产品。几十年来，靠产品有序推动品牌力。"

"我们不是卖产品的，我们是做产品的。"得力不做塔尖，高高在上。得力也不做底座，寻寻常常。得力只做"符合定位的精品"。水平中上，好用、价格合适。从定位上、从设计上，每一个产品娄安君都要过问，哪怕每年会增加一千多个新产品，哪怕现在已经有了两万多个产品。

依旧以打印机为例。

作为国内首家拥有喷墨打印喷头研发、制造技术的厂商，得力自主研发制造的打印机喷头使用 MEMS（微结构加工）制造工艺，融合了光刻、刻蚀、薄膜和精密机械加工等数十道工艺，最终成为一个高科技产品。

得力还拥有完整的激光打印机生产线，自主生产打印机主板、成像单元、定影单元等核心部件。

打印机与得力云平台相连接，可以为用户提供手机远程打印、扫码打印、漫游打印等多种创新打印方式，实现了文件"不出门"、安全有保障的得力云打印。

所以，得力品牌溢价比同类产品高出 10%~20%。在这个前提下，企业依旧稳步前进，年增长率始终保持在 20% 以上。"比别人更精一点、更厚一点、更好看一点。"

得力相信，人总是需要好东西的。

得力也相信，人们是从产品知道得力的。

1995 年，企业更名得力集团的时候，对得力品牌的思考就已经呼之欲出 —— 得力助手，得心应手。

走到今天，得力基于目标群体，进行了多品类、多学科、多层次、多技术、全视野的体系建设，研究领域覆盖了新材料、电子、大数据、云平台、物联网、人工智能等软硬件全领域。 所以，得力是全球最大的办公与文具产业制造基地,是业内首家国家级绿色工厂。

在智能工厂里,得力引进了全球领先的管理系统,集成各类智能机器人与先进的传感器,实现了人、机、物的互联互通。

在业内最大的全自动立体仓,得力通过布局全国的100余座物流中心,搭建起智能化中央仓、区域仓、城市仓三级物流网络,日均处理能力100万箱。

这些产品随着得力的营销布局,走遍了全世界。每年3000场推广会、15000家合约经销商、10万+的终端零售,得力以全域与精准为目标,构建不同产业营销渠道,打造出全球的营销与服务网络。

这就是得力品牌的光环。

第十章 资本

1990年的中国,按部就班却又激情满怀。

那一年的9月22日,第十一届亚运会的圣火在北京工人体育场被点燃。这是中华人民共和国第一次在自己土地上举办的综合性国际体育大赛,几乎每个城市的大街小巷都回荡着"我们亚洲,山是高昂的头;我们亚洲,河像热血流"的高亢旋律。

那一年的10月8日,中国内地第一家麦当劳在深圳开业,那个大大的"M"商标缭乱了人们的视界。餐厅460个座位满满当当不说,购买的队伍从二楼排到一楼,再绕着整个商业大楼转了几圈。对于那个年代的孩子来说,去吃一次麦当劳该是多大的奖励。

而那一年的12月19日,谁记得这个日子呢?

有心人会记得。

这一天的上午11时,上海浦江饭店孔雀厅,一面花600元买来的铜锣在这里被敲响。从此石破天惊的,是中国的资本市场。

这一天,上海证券交易所正式开业,A股自此诞生。

从当初的8只股票,到截至2022年2月25日的91.98万亿总市值;从隔岸观花、连"股票"两个字怎么写都不知道的白丁,到数以亿计、在手机上随时就能操作的股民;从追求暴富的执念,到悲欢离合、起伏跌宕的故事,中国已经成为全球第二大资本市场。

上市,资本的狂欢,股民的追逐,更是企业的"芝麻开门"。所以,30年的时光里,主板、中小板、创业板、科创板、新三板等多层次的资本市场体系不断完善,4000多家的上市公司、近2亿的股民改写着中国的经济史,也改写着自己的命运。

2022年1月,"2021年度中国上市企业市值500强"榜单揭晓,宁波共有10家企业上榜,包括舜宇光学科技、公牛集团、锦浪科技、杉杉股份4个国家级单项冠军企业。

截至2022年初,宁波63家国家级单项冠军企业里,本土上市的企业有33家;其中,A股上市公司31家,占全宁波A股上市公司的三成。最早走入资本市场,是在2004年。

一半在"城里",一半在"城外",各有各的理由,各有各的渴望,各有各的路径。

"城里"

案例一。

2021年11月15日,宁波激智科技股份有限公司董事长张彦在微信朋友圈发了一段话:"五年…… 人生就像心电图,有起有落。事业犹如发动机,永葆青春。"

这一天,是激智科技上市5周年的日子。2016年的11月15日,激智科技登陆创业板。

这是一个于2007年创办的企业,起点是集光学薄膜和特种薄膜的研发、生产、销售于一体的高新技术企业。到2009年，激智科技就结束了中国企业生产不出光学扩散膜的历史，打破了国外企业的行业垄断，填补了国内空白，并在技术上达到了国际先进水平。

大踏步的平台是上市。

成立的最初10年，激智科技一步步实现了营收6.1亿元、净利润近6000万元。而上市后的5年，激智科技的营收从2016年的6.1亿元猛增到2020年的14.2亿元，增长了130%；净利润由2016年底的近6000万元提升到2020年的1.45亿元，增长了144%；市值从开盘当天的17亿元上涨到5周年庆时的62.8亿元。张彦说，登陆资本市场带来的大平台，让公司打通了科技研发和资本投入的"双循环"，由此实现了加速跑。

顺路，跑进第二批国家级单项冠军企业，生产了全球四分之一的扩散膜。

顺路，转让公司5%的股本，使小米科技（武汉）成为激智科技十大股东之一。

如今的激智科技不仅有光学显示膜产品，还有太阳能背板膜、汽车窗膜、交通道路反光膜等新产品，"都属于行业成长性高、有一定技术壁垒且国内能做出高品质产品同行不多的，都与精密涂布相关。"

案例二。

2021年伊始，1月12日中午，一个消息在股市传起。

宁波慈星股份有限公司董事会发布了关于重大事项的停牌公告，公司控股股东孙平范，"其控制的裕人企业有限公司、宁波裕人投资有限公司拟向广微控股（珠海横琴）有限公司（以下简称"广微珠海"）协议转让上市公司股份或委托所持上市公司股份的表决权,同时由广微珠海认购上市公司向特定对象发行股票,实现上市公司控制权的变更"。

慈星是谁?

"唧唧复唧唧,木兰当户织。"不管其他的经典篇章如何上上下下,《木兰诗》却从未缺席过我们的课本。

叹息声?织布声?虫鸣声?管它这"唧唧"是什么声音,反正从南北朝发出的机杼声从未间断过。

只是这"机杼"已经换了一代又一代。

到了21世纪,慈星出场了。

慈星,是生产电脑针织横机的。2003年,已在他乡建功立业的孙平范返回老家宁波慈溪,创办起了宁波市裕人针织机械有限公司,试水生产全电脑针织横机。

针织机,一个把人类从双手飞绕、一针一线中解放出来的发明,让织品得以量化生产。但是,从它"出生"后,也一直没有离开人类的手来对它操作——通过手带动机器的运转,一寸一寸地在经纬中编织、缠绕。

那一板一眼的"吱吱呀呀"不知是多少人童年的摇篮曲。

直到1971年,全球第一台电脑横机在意大利诞生。随后,德国、日本也在这一领域突破并开始进军中国市场。电脑针织横机逐步替代手摇横机成为行业的主流。

那一台机器、两个工人的生产能力,相当于一台传统手摇横机配20个人的工作量。而那一台的售价却相当于300多台手摇横机。

孙平范回到家乡,就是要完成从手摇横机到电脑横机的转变。

可在那个时候,电脑横机的设备成本太高,技术也相当复杂。而当时的人工成本相对较低,手摇横机的市场依旧坚挺。咨询一圈下来，所有的"参谋"都认为，即使要转型研发电脑横机，也应该是几年之后考虑的事情。

是主动进行产品技术转型升级，还是等待市场产品成熟后再进行跟进生产？

都有道理，就看取舍。

这离不开基于专业精通、市场敏感、社会格局而练就的对行业走向的判断能力。

"从市场的趋势来看，手摇横机转型电脑横机是必然的。既然这样，就应该主动出击。"慈星做出了决定。

没有设备，没有核心零部件，没有专业技术人才。没关系，只要慈星在。德国、日本，慈星积极求学，并请专家前来指导。白天、黑夜，慈星的机器房里总是灯火通明。

就这样，一年后，2004年，慈星的第一台电脑横机问世——这是国内首台自主研发的电脑横机。就在这一年的青岛国际纺织工业展览会上，慈星横机横扫全场，人们都要看看打破国外垄断的中国货长什么样。

关于展览会，还有一个故事。

2007年，在德国慕尼黑举办的国际纺织机械展上，慈星作为中国内地第一家电脑横机参展商前来参展。

中国也有电脑横机？

"不可能，他们那里还遍地手摇呢。"

"他们到我们国家学习过，也让我国的技术人员去讲过课。一定是仿照了我们的技术。"

"侵犯我们的专利，不可原谅，要追究。"

如此激动的言论，出自生产和销售电脑横机的日本一家顶级同行公司。

于是，慈星的机器到了会场，展位却被严严实实地封了起来。对方向慕尼黑法院申请了强制执行令，要求打开机器检查。

这场轰轰烈烈的"打假"反而让慕尼黑成了慈星的舞台。全世界的同行瞬间知道，中国有了自己的电脑横机。

慈星站在了风口上。"掌握核心科技，引领行业发展"，慈星的经历再次验证了"机会是给有准备的人的"这句话。

2008年开始，我国电脑针织横机需求开始实现爆发式增长。行业销量从2008年的不到2万台快速增长至2011年的10万多台，而2009年国产电脑针织横机的销售数量首次超过进口，迅速抢占市场。

慈星在大风中开始飞扬，并迅速扩张。即便在金融危机的大背景下，慈星的销量三年复合增长超过200%，从2000台到最高约2.8万台，国内市场占有率达到30%左右。慈星一跃成为国内智能针织装备的龙头企业；2009年，更是冲到了电脑横机产销量世界第一的位置。

一年后，慈星全资收购了具有60年历史的世界第三大电脑横机制造商——瑞士事坦格集团；随后，又以第一大股东身份投资了意大利的诺基卡公司。

2012年3月29日，慈星在深圳创业板上市。这个契机，进一步完善了电脑针织机械的产品架构，进而实现了国际化经营目标。

看"年报"——

2013年，公司HP型电脑针织横机被列为国家战略性创新产品项目。

2015年,由慈星研发的全球首套毛衫自动对目缝合系统问世。

2016年,公司被工信部认定为国家智能制造试点示范企业。

2017年1月,公司主导产品荣获2016年度国家科技进步奖二等奖。

2017年12月,公司被工信部认定为国家制造业单项冠军试点示范企业。

2018年9月,以公司主营单项冠军产品为纽带的针织鞋服智能柔性定制平台项目,被认定为纺织行业工业互联网平台试点项目。

2019年4月,以公司主营单项冠军产品为纽带的慈星针织品智能柔性定制项目,被工信部认定为2018年工业互联网App优秀解决方案。

2019年9月,公司针织鞋服柔性定制智能工厂被认定为纺织行业智能制造试点示范。

如今的慈星,客户群遍布全球20多个国家和地区,主要为针织服装、针织运动鞋帽等生产企业。

更吸睛的是慈星"产品+服务"的市场理念。他们不但在研发上保持核心技术领先,而且在服务上采取多种途径,变"制造业"为"制造服务业"。为了让客户在购机的时候享受更多的体验与服务,公司把原来的办事处统一规划成4S店的模式,不仅提供更完善的购机咨询、制版打样、上机操作等服务,还提供良好的休闲与洽谈环境,让慈星机器的附加值越来越高,让客户享受到的服务越来越多。

慈星的产业链已经延伸到工业机器人领域,定位于"掌握核心技术的系统集成商",为寻求转型升级的劳动力密集型企业提供一揽子数字化车间和智能制造方案。

第十章 资本

慈溪市杭州湾新区滨海四路708号，大楼的展厅内，除了琳琅满目的产品，还有360度体型扫描机。站在机器的前面，系统自动扫描、记录客户的身体尺寸。即使远隔重洋，设计师只要依照这个模型，也能轻松地为顾客定制服装。

也因此，2021年1月12日发布的这个股权可能发生变更的公告着实让人充满疑惑。

很明显，慈星股份实际控制人要换了。

这对企业意味着什么？上海师范大学商学院教授孙红梅这样解释——

"其实单冠企业小而精，确实有独特优势，但是也就有另外一种隐患，就是存在不能抗风险的问题。投资讲究不能把鸡蛋放在一个篮子里，而单冠企业就是一个篮子，一旦有个风吹草动就会存在危机，可能慈星股份就是这样。广微珠海的入驻是资本的进入，或许也是慈星多行业领域的拓展。"

一年后。

2022年1月27日，慈星股份发布2021年度业绩预告，预计归属于上市公司股东的净利润为1.3亿元至1.7亿元，扣除非经常性损益后的净利润为0.9亿元至1.3亿元，公司业绩较上年同期扭亏为盈。

上年同期这两个净利润的情况则是亏损52708万元和亏损59578万元。

年度业绩预告同时表明："2021年公司经营情况良好，生产有序开展，营业收入同比增长，主要原因系横机行业在经历过去三年的低谷后，今年市场有所复苏，一方面市场保持了新老设备的持续更新换代；另一方面，随着海外疫情的持续，部分订单的回流使得下游市场对国内横机设备需求增加。此外,公司推出的一线成型设备市场认可度和需求量逐步提高。"

答案自在其中。

案例三。

2007年1月,广博股份在中小板成功上市,成为宁波文具制造业领域第一股;如今总市值接近30亿元。

2020年12月8日,江苏博迁新材料股份有限公司(以下简称"博迁新材")在上海证券交易所鸣锣上市,发行价为11.69元,公开发行新股数量6540万股,发行市盈率22.98倍。

博迁新材成立于2010年11月,公司的主营业务为电子专用高端金属粉体材料的研发、生产和销售。公司产品主要包括纳米级、亚微米级镍粉和亚微米级、微米级的铜粉、银粉、合金粉。它也是一家制造业公司。

博迁新材的创始人,就是广博股份的董事长王利平。同时,据宁波本地媒体报道,"广博股份的8名董监高也持有博迁新材股份"。因此,博迁新材可以说是"目前A股市场中,第一家由宁波企业创立、培育并成功上市的'飞地'企业"。

而随着博迁新材成功上市,王利平也成为两家上市公司的"掌门人"。

"观众"

制造业开发发展过程是一个"技术武装+服务武装"的动态调试

过程，而金融服务是这个过程中的重要引擎。在制造业的整个链条上，金融服务以独有的金融资源集聚与配置能力，通过督促公司治理、便利风险管理、方便商品和服务交易等功能，引导、凝合劳动、资本、土地、技术和管理，在制造业的升级中具有不可替代的作用。上海师范大学商学院教授孙红梅对宁波制造业企业的金融"活动"做了详尽的分析。

然而，从整体上看，一方面，制造业是宁波的支柱产业。宁波拥有12万家民营制造业企业，其中有100家以上民营企业的产品市场份额居全国第一。另一方面，宁波似乎在中国经济版图中"辨识度"不高。孙红梅将这一现象归结为缺乏超大规模的"航母"企业。难以获得强有力的长期资金支持，是其中主要原因之一。

"分析一下背景，主要基于以下三个矛盾。"孙红梅说。

"第一个是融通资金与资本市场运作机制不畅的矛盾。"由于制造业单项冠军企业往往扎根于细分市场，生产的大多数是工业中间品，行业内无人不知，行业外则知之甚少，这导致社会资本募集不足，私募股权投资融资运行机制不完善，与培育单项冠军企业和专精特新"小巨人"企业的模式存在冲突和矛盾点。如，私募投资基金的运行需要遵循市场化运行机制，与制造业单项冠军企业缺乏联系；又如，政府引导基金在设立、募、投、管、退各项工作中流程烦琐，审批周期较长，影响基金的运作效率。

"第二个是融资结构与先进制造业金融需求不匹配的矛盾。"随着国内外经济形势的变化，尤其是疫情对全球经济的冲击，宁波当地的制造业发展面临着新的挑战和困难，部分企业用工难、融资难、融资贵、原材料成本上升等结构性问题有所显现；且美国是宁波的最大贸易市场，未来股市、汇率、大宗商品价格的波动，可能会对宁波当地外贸制造业企业造成较大的负面影响。而大量民营制造业企业融资结构仍然以间接融资为主，信贷在制造业企业融资结构中占比80%，股权融资不超过10%；信贷业务的低风险、低回报机制难以匹配制造业企业的高风险、高回报、长周期的特点。

"上市需求与缺乏专业化辅导与指导的矛盾是第三个。"宁波63家国家级制造业单项冠军企业中还未上市的近一半，且随着科创板的推出，受理企业基本与宁波制造业公司具有的高成长、强研发、稀缺性发展规律相吻合。但我国目前专业化服务机构集聚的地区差异性显著，主要集中在北京市、上海市和深圳市；且专业化机构承担项目具有明显的本土化趋向，跨地区承担项目不足。以专业化创投机构为例，目前科创板企业背后的创投机构，宁波拥有的仅占全国的1.36%（如下图）；且宁波可承担上市咨询业务的券商、律师事务所、会计师事务所、信用评级机构、知识产权运营机构均极度匮乏，阻滞了资本市场通过资源有效配置实现宁波先进制造业产业升级的进程。

孙红梅教授认真地画了张目前科创板受理企业背后的创投机构分布图。

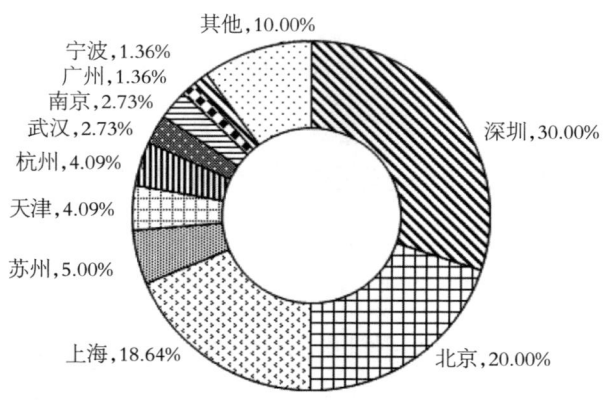

此题何解？

孙红梅给宁波提出了三点建议：

一、乘风破浪：借力资本市场，注重品牌培养建设；

二、以冠军之名：直面银企需求，搭建互动交流平台；

三、"集团作战"：培育产业链条，形成金融生态系统。

为了推动更多单项冠军从幕后走向台前，把全国制造业单项冠军之城打造成为一张城市新名片，孙红梅认为宁波可以这样做：

在总体产业布局上，宁波在部署"246"万千亿级产业集群建设时，应首先考虑配套资本市场专业化服务机构，加大对国际化金融机构的引进，提供更专业化的金融配套服务，包括投资顾问、融资咨询、资产证券化等各项业务，利用资金优势引导先进制造业企业扩产扩能，提质增效。

在对外开放交流上，宁波应建设一个市场认可、交易活跃的创业会客厅。创业会客厅可以利用现有的高新技术产业园区等场地，通过举办精准匹配活动，根据孵化期、加速期和成熟期，以及不同类型、行业创业企业的需求与特点和各类金融服务机构进行精准匹配和对接，实现"项目找资本、资本找项目，市场认可、交易活跃"。

在利用区位优势上，宁波应寻求上海全球金融中心、杭州数字金融中心等资源的帮助，探索引进具有上市辅导能力的各类专业化服务机构落户，或者由政府出面，定期举办培训，提供一对一指导，为民营企业提供专业化、针对性的融资渠道建议。

所有的建议只有一个指向——促进制造业单项冠军畅饮"金融活水"。

试 水

东睦新材料集团股份有限公司是宁波制造业单项冠军企业中最早畅饮"金融活水"的——2004年4月,当时还是日方控股的宁波东睦新材料股份有限公司在上海证券交易所上市。

2020年11月12日,当公司党委书记、董事长兼总经理朱志荣出现在会议室的时候,一身蓝色工作服、胸前鲜明的党徽让人想起了东睦的"老底子"——1958年成立的宁波粉末冶金厂。这是一家地地道道的国营企业。20世纪80年代,这个厂就凭借着先进的理念从国外引进了技术和设备,成为当时机械工业部下属的同行企业中的佼佼者。

90年代,粉末冶金厂改制,东睦粉末冶金有限公司成立,还引入了一家日本企业做股东。2004年,当宁波所有的制造业企业还摸不清上市路数的时候,东睦已经在上海证券交易所敲钟了。它不仅成为宁波制造业单项冠军企业的第一股,还是粉末冶金机械零件生产行业的第一股,更创造了外资控股公司在我国国内上市第一家的纪录。

从此,东睦依照资本市场的框架,在高质量发展上一路高歌。目前,东睦在国内拥有8家子公司,产品产量和销售收入都遥遥领先于第二名;90%以上客户都是行业领先的企业,全球500强或者全国500强。

即便是在疫情前期无力停摆的2020年,东睦也有一张漂亮的成绩单——前三季度营收22.52亿元,同比增长66.54%。年底收官时,东睦又捧回一个大奖——2020年宁波市人民政府质量奖及质量创新奖获奖企业。

东睦的主要产品是粉末冶金机械零部件,包括粉末冶金汽车零件、粉末冶金制冷压缩机零件、粉末冶金摩托车零件及金属软磁材料。"上游是大型钢铁集团,下游是万亿级的汽车、空调等大型企业。"

中间的那个若想无可替代,唯有技术创新。

"一定要有人抬头看天。"朱志荣这样形容,在东睦,有人抬头看天,有人埋头做事,有人既要抬头看天又要埋头做事。这个抬头看天,就是瞄准未来的主攻方向,紧跟国家的消费升级,从中寻找机会。

东睦永远有"三代"产品在手——技术研发一代、小批量生产一代、大批量生产一代。公司每年的研发投入超过销售额的5%,2020年更是提高到8%。几乎每一款现在畅销的产品,都是在5年前开始启动研发的。

行业不变,但是产品总是随着消费而升级。

20世纪90年代初,冰箱;

90年代中期,摩托车、空调;

21世纪,汽车;

2010年,汽车升级换代、绿色减排;

2014年,新能源汽车、通信;

2019年,电子消费。

为了牢牢站稳每个风口,东睦提前进行产业布局,从未有丝毫懈怠。最近的一次收购在2020年初,东睦将上海富驰高科技股份有限公司收归旗下。这是一家在国内金属注射成型零件行业的龙头企业,在电子消费、医疗、汽车、航空航天等领域,都有着广泛的市场应用。收购的结果是给东睦的市场打开了一扇满是收获的大门,而收购的心思,在几年前就已经形成。

一个折叠屏的手机,两块显示板。屏幕展开时无缝的衔接,就得益于东睦关键零部件的技术。

"超越别人不重要,超越自己才重要。每天进步、每年进步,才能保证一个企业持续的发展。"朱志荣说。

"城外"

另一种选择是自我循环,不上市。

欣达是这样,德鹰是这样,帅特龙是这样,得力是这样。

有近半的宁波市国家级单项冠军企业都这样。

得力总裁娄甫安说,这个社会有很多人,每个人的认知、志向、抱负都是不一样的。对于这个问题,有人曾经提出过。我们就反问自己,如果说得力上市市值1000亿,我拿这1000亿做什么?如果没有好的项目、好的收益,我怎么对股民负责?所以,我们不会为了上市而上市。如果没有设计好企业发展路径而盲目上市,对社会是不负责的。

欣达总裁赵宏明有着同样的思考:上市具有双面性,可以提升知名度、可以留住人才。但是另一方面,融进来的资金要流向哪里?做什么?多大的本领做多大的事。脚踏实地,企业才安全。

德鹰总经理顾志英说,一方面上市是需要理由的,一方面企业不应该去做不懂的事。德鹰只是一个中间链条,前面是原材料供应商,后面是整机企业。所以,德鹰的定位和优势是专心地做零部件,而不是去整合整个产业链。

帅特龙的董事长吴志光说:"对于一个草根出身的企业家来说,脚踏实地才能根深叶茂。做好自己,稳步发展。"

……

白居易早就说过,"大弦嘈嘈如急雨,小弦切切如私语。嘈嘈切切错杂弹,大珠小珠落玉盘"。每一朵花、每一段旋律都有它自己的美,无论哪种选择,做自己才是最好的绽放。

第十一章 家 国

细数所有单项冠军企业在全球创造的座座"高山",总会让人不禁思考,所有的辉煌仅仅是因为把脉时代、瞄准市场的经济行为吗?

一如之前探究的"为什么是宁波"的话题,我们可以从家国情怀的基因里来获得答案。

1939年6月28日,镇海码头。晚8点,一声汽笛响起,一艘3550吨的巨轮驶出。岸上,满是送行的人们。此刻,他们送的不是远行的亲人,也不是漂洋的货物,而仅仅是一艘船,一艘叫作"太平轮"的空空的船。

船出港了,江面上绕了一个圈,在甬江口主船道上,把船头朝向宁波,停下了。再一声长笛,船长和船员步履沉重地离开了,不敢回头。只听见身后传来沉闷的爆炸声,太平轮缓缓地沉了下去。

和船长一样满含热泪的,还有远在上海的陈顺通。沉下去的是他的船,而且是他亲手给船长发去电报下的沉船令——沉船时挂好国旗,船首指向家乡。

为什么?

为了建起海上防御工事,阻止日寇的进攻。

作为宁波帮的一员,陈顺通14岁离开鄞县到了上海。不吝惜自己的勤劳,不放弃每一个机遇,他开创了中威轮船公司,买了4艘轮船行驶于长江和远洋航线。

抗日战争爆发后,海上力量的悬殊让国民政府做出了一个决定,征集大型船舶自沉于各重要江海口,以阻止日军的海上进攻。除了已经被日方无理扣留的两艘,陈顺通将自己仅剩的两艘船都捐了出来,一个沉在江阴,一个沉在了自己的家乡。

破产而赴国难,除了陈顺通,还有宁波帮的集体群像,这是他们的民族大义。

如今,奋发图强,突破壁垒,破解"卡脖子"的关键技术和设备,就是新时代宁波制造业的自觉担当。

深海生命线

浙江省陆地的最东端,有一个深水良港——北仑港。

1984年1月,一个起名"宁波市滨海区"的行政区域在这里建起;1987年更名为北仑区。

这个移山劈海建起来的新区,对于大多数人来说,更因它是中国女排的训练基地而被熟悉。这里被郎平称为"中国女排的福地,点燃女排激情的地方",充满了各种契机。作为全国首批中长期青年发展规划实施试点县(市、区),"青年北仑"是北仑区自我定位的发展战略。

以青春之我,创青年北仑。北仑区的青年人口占常住人口的35%。其中,就有一个土生土长的北仑青年。

建区第二年,夏峰出生。国外留学、回国接手父辈创立的企业,他之前的经历,似乎与宁波许许多多的"创二代"没有什么不同。

但是,有一件事,在他的心里埋下了种子:"10多年前,我在海外留学时,想到当时世界最先进的海洋脐带缆制造企业参观。可是在门口就被保安拦下了,不让我进。当时我就想,有朝一日我一定要自己做出来。"

夏峰要参观的海洋脐带缆,顾名思义,如同胎儿与母体连接的那根生命之带,在海洋油气开发过程中,将深水油气田的水面平台和水下生产系统相连接,是提供电力、通信、液压动力和化学药剂等等的通道。有了它,在平台上就可以操控海下作业。

这一直是世界级难题。要满足复杂海况的动态变化,要对抗海水腐蚀,要抗深水压力、抗疲劳,性能要求极高。

在夏峰他们成功研制出脐带缆之前,国内在这一领域纯属空白。当时,中国对此的需求全部依赖于进口,产品只集中在美国、挪威、英国等制造业企业。不得不说,脐带缆的研发是标准的"卡脖子"技术。

另一方面,随着我国建设海洋强国的战略部署,海洋装备、海洋科技、海洋安全的意义就显得尤为重要。

在国外立下誓言的时候,夏峰及东方电缆还没有步入这个领域。

宁波东方电缆成立于1998年。正如很多宁波单项冠军企业,它也是从当地一家集体所有制企业转制而来,做的是传统的家用电线、电缆,后来拓展到网络线市场。

2009年,夏峰从英国留学归来,进入了企业。

在此之前的2005年,东方电缆股份有限公司的董事长夏崇耀已经完成了企业的第一次转型。

那是一次从陆缆到海缆的革命。2007年,东方电缆成功制造了第一根国产110kV高压海底电缆,并将其应用到岛屿供电项目。此前,高压海底电缆同样是被国外企业垄断的。

2009年,就任东方电缆总裁的夏峰开始了企业的第二次转型——从海洋电力领域转向海洋石油领域。其实,当时的东方电缆已经成为国内最大的海底电缆生产企业,继续走下去前途可期,而转到海洋石油则充满了未知的风险。可夏峰忘不掉那被关在门外的一幕,对方的傲慢激起的是一个有志者的倔强。

那时,也是全球海洋油气领域开发的一轮高峰,东方电缆看准了、抓住了。

从空白起步,东方电缆创造了"十年磨一剑"的典范样本。

在东方电缆东部(北仑)基地·数字化"未来工厂",车间的大屏幕上,画面显示出公司的发展轴——

1998年公司成立;2003年成为传统电缆规模企业;2005年研发海底电缆;2007年打破国外垄断,实现海缆国产化;2009年研发海洋脐带缆;2014年上交所挂牌上市;2017年,超高压(500kV)海缆、大长度(23km)脐带缆实现国内首根产业化;2018年通过国家级企业技术中心认定;2020年市值成功突破百亿大关;2021年数字化"未来工厂"落成;未来,成为拥有自主知识产权,具备世界先进水平、国际核心竞争力的现代企业。

日新月异的速度源于高起点的研发和全身心的投入。

东方电缆专门成立了海洋创新中心,引进海内外高层次优秀人才,使得公司研发人员始终保持在员工总数的25%以上,并在全球设立了多个联合研发点,开展世界范围内的创新合作。十多年来,东方电缆的年均研发投入超亿元。对"以科技创新为导向"企业发展战略的坚守,使得公司形成了研发投入与产业化落地的良性循环。

从单一的企业创新,到参与国家重大工程,东方电缆与国内外科研院所、领先用户建立长期合作的关系,并与高端客户坚持战略合作。他们与清华大学、浙江大学、大连理工大学共同研发具有前瞻性的国家"863"课题;与中海油研究总院、上海电缆研究所的合作突破了深海脐带缆核心关键技术;与南方电网科研院、中国长江三峡集团等国内领先的科研院所和央企,联合成立柔性直流输电智能系统装备产业创新中心,形成人才、技术集聚优势,协同攻关;与国外高水平科研机构合作开发新一代深远海的海洋缆产品,使公司创新合作体系从国内走向了国际。

他们甚至建立了院士工作站。

苍天不负有心人。

2018年6月20日,历史性的时刻。在东方电缆的码头,我国自主研发、设计、制造的首根国产化大长度海洋脐带缆交付了,被安装应用在南海深水油气田群开发项目。

"脐带缆根据采油树功能要求和海域环境参数而设计,集成了9根不同口径的超级双相不锈钢管。钢管最高设计压力等级达到70Mpa,设计应用水深500米,此缆总长23.047千米,总重超700吨。"当时的媒体一片欢呼。

两年后。

2020年12月19日下午5点,深圳赤湾码头。在长达75小时的精心操控后,一条15.8千米的"长龙"从东方电缆的船上被导送到中海油"285"施工船上——我国首根深水脐带缆正式完成交付。脐带缆设计应用水深 1000 米,用于南海海域连接"流花 29-2"气田项目的水面控制平台和水下采油树。

这也是由宁波东方电缆自主研发、制造的。

"当设计水深从 300 米增加到 1000 米,脐带缆的安装拉力也就从 15 吨增加到了 50 吨,相当于在缆线上挂了 30 多辆小汽车。因此,在这根深水脐带缆上,有 20 多项技术创新。近百名技术人员历时一年半时间研发,突破性地去除了脐带缆的钢丝保护层,实现了轻量化,以减少在深海铺设安装过程中,缆线和设备的受力强度,防止其被压弯拉断;同时,创新性地采用透水设计,使脐带缆内外水压平衡。"技术负责人介绍说。

"没有了钢丝的保护,这里面所有的钢管,不单单要承担起传输介质的功能,还要起到结构保护的作用,突破了行业的规范跟行业一般性的做法。"公司负责人说。

听着都觉得牛。

国产深水脐带缆千米技术的突破,使中国制造在深水领域拥有了自主可控的核心竞争力。

由此,东方电缆不仅成为一家聚焦陆缆系统、海缆系统和海洋工程的国家高新技术企业,还从维护国家能源安全和海洋权益的角度,为国家整体开发能源和"走出去"提供了方案。如今公司产品远销多个国家和地区,出口量稳步增长。

如今,东方电缆已经累计提供海缆超 5000 千米,全球唯一实现 500kV 海缆软接头应用,国内唯一实现大长度海洋脐带缆产业化应用。

还是在"未来工厂"车间的大屏幕上,东方电缆的荣誉——中国上市公司价值评选主板价值 100 强,全球海缆最具竞争力 10 强,国家级企业技术中心、国家级高新企业、国家创新型企业、国家技术创新示范企业、国家制造业单项冠军、浙江省首批"未来工厂"。

……

"更高的电压等级,更远的输电距离,更深的海洋深度。"这不仅是一个85后的志向抱负,更是宁波企业家、中国企业家的民族责任、历史担当。

2020年岁末,一个温暖的故事验证了他们的担当。

是年11月底,南美洲北部国家圭亚那首都乔治敦市,德默拉拉河穿城而过,弯弯转转流向大西洋。

临近圣诞节,城市里明显地热闹起来。圣诞树、小红帽,孩子们的期盼和大人的兴奋,都在为那一刻的狂欢做着准备。

可是,所有的期待都在那只大船沿着德默拉拉河从金斯顿开往文丁厚朴的时候"暂停"了。一条海底电缆被这条船的锚链"钩中"而停工了。

这根长达8km的电缆不一般,它是德默拉拉河下连接两个城区的唯一一条69kV海底电缆。它的受损导致了首都四分之一的地区电力供应中断。

用电高峰将至,再加上疫情因素,执政刚逾百天的圭亚那新政府感受到了不小的压力,将事件定义为"国家紧急状况"。

这事儿已经不是第一次了。2019年6月,这根电缆曾因相同原因被损坏,当时是由宁波东方电缆股份有限公司派出团队安装修复,解决了圭亚那长期需要依赖欧美技术维修并付出高昂代价的困扰。

这一回,圭亚那再次求助中华人民共和国驻圭使馆,请东方电缆的技术人员再次奔赴,尽快完成电缆修复。

第十一章　家国

从中国到圭亚那，直线距离 1.5 万公里，需要转两次机才能到达。中转国疫情严重，圭亚那也同样不乐观。这个总人口 70 多万的国家，当时的新冠肺炎确诊病例已近 5000 例；而海缆所在区域就有近 3000 例，且当地检测能力及医疗条件有限，确诊人数还在上升。种种情况已经预示了此次抢修前路艰辛。

接到公司通知时，刘明还在江苏执行任务。有着 17 年电缆生产管理及安装、抢修工作经验的他也是 2019 年圭亚那抢修任务的工程师之一。此次任务中，他成为公司紧急调派的首选人员。

"家人刚开始还挺反对的，因为担心。"刘明的亲人担心这一趟路途遥远，感染风险较大。

然而，刘明没有犹豫就接下了任务。"身为一名老党员、一名退伍军人，只要国家哪里需要，我就往哪里去，这是我的使命。"

12 月 2 日，东方电缆成立专项工作组，研究此次抢修任务。没有其他资料，工作组根据前方传过来的照片，判定海缆外保护层受损严重。

"我们要摸清这个电缆的结构特点，先把施工过程中可能会出现的种种问题都预想清楚。"

这一边，为了让工作组以最快速度启程赶赴现场，宁波相关部门快马加鞭——市疾控中心准备了充足的防护用品，市外办设计出了最佳行程路线，还有 6 个专班分别负责落实技术组的行程单、邀请函、保险单、因公护照、酒店预订、接种证明、出境证明、两国免签协议等等各种资料。

如果按照常规程序，整个过程走下来需要 3 个月。这次，只用了 7 天。

12月9日,刘明、叶逸、王国垸3个人组成的特别技术组"全副武装",从浦东机场起飞,远赴圭亚那。

当地时间12月12日零时,特别技术组抵达乔治敦。

一股热浪扑面而来,与宁波的冬天形成了鲜明的对比。

"圭亚那和中国时差有12个小时,生物钟完全混乱了。"

不管是时差还是气候,都没能阻止特别技术组的脚步。他们没有一刻停歇,立即赶赴现场开展维修作业。

现场勘探表明,海缆修复的关键在接头。虽说高压海缆抢修接头设计正是这支技术团队的拿手活,但现场还是遇到了不少困难。刘明说,工程抢修所需的关键材料不是缺这个就是少那个,大家只能想方设法找寻替代品。当地也没有相对专业的海缆修复船只和施工人员,所以直到12月18日受损的海缆才被打捞上岸。彼时,距离圣诞节只剩7天。

圣诞节前的圭亚那正值雨季,过于潮湿的天气严重影响了进度。"有一道关键工序需要在湿度50%以下的环境中进行。我们只能寻找合适的时间点来操作。每天早上7点就到现场,晚上10点、11点才下班。"

王国垸还遭遇了一次意外。

圭亚那经常刮风。怕简易工作棚上的雨布被吹走,有人搬了一块七八公斤重的大石块压着。结果有一天,一阵狂风掀起雨布将石块抖落,刚好擦过王国垸的头。安全帽砸裂了,头砸破了。可是在医院简单包扎后,王国垸再次回到队伍里奋战。

"后怕啊。不过好在没什么大事。"

当地时间2020年12月24日,平安夜。在黑了近一个月的金斯顿和文丁厚朴，人们几乎不抱什么希望了。

"这个圣诞节要黑着过了。"主妇们抱怨着。

话音未落，灯亮了，圣诞树闪烁起来了，《Silent Night Holy Night》的歌声响起来了，孩子们跳起来了。

在克服了疫情、天气、时差等不利因素，且在连续作战了近一个月后，刘明及其团队终于成功修复了受损海缆，在圣诞节前夕为乔治敦恢复了供电。"一切努力都很值得！"刘明说。通电当晚，宾馆里的他听着窗外的音乐，感受着节日的氛围，内心十分畅快。

20年与全球30%

"甬商勤劳、聪明、踏实、守信。最终做大做强的一定与此相关。"说这话的，是宁波微科光电股份有限公司董事长邱志伟。

"在这样的氛围下，大家都这样而你不这样，就走不进来。只要有一两个带头的，大家都会跟。"

大浪淘沙。微科是带头的那个。

红外线光幕是电梯门的保护装置，在电梯门关闭时防止事故发生。微科就是生产这一产品的。

"公司的名字取自'细致入微，科技创新'，这也是我们一开始就定下的发展理念。"董事长邱志伟说，从2004年成立开始，微科就专注于做光幕，与电梯相关的红外线光幕和自动救援装置的设计、研发、生产与销售等。

"这个领域细小，大佬看不上眼；但是这个技术又有一定的门槛，一般人想入门也有一定难度,所以才让我们得以在夹缝中发展。"

无论邱志伟如何谦虚,事实是,深耕近20年,微科的产品已经占据全球市场份额的30%、国内市场份额的60%,覆盖了40多个国家和地区。

邱志伟最初也是给别人打工的,做的是电梯行业的配件销售。慢慢地,他发现了光幕这个产品一直依赖于进口,一块进口光幕的报价就六七千元。理工男的执着让他不服气,他觉得从技术层面他应该可以突破。研发,失败;再研发,再失败;三年后,他捅破了那层"窗户纸"。

此时,中国房地产业风生水起,邱志伟意识到电梯行业定会随之水涨船高。他自创了微科,开始将自己的研究产业化,并在2005年到2015年的10年实现了飞速发展。

"是因为时代,电梯行业那段时间处于爆发式增长期。"

"其实,任何一个行业都有着这样的周期,幸运的是当初的风口被微科抓到了。"

他依旧谦虚。

但是,世界上没有无缘无故的成功。

"现在国内每年新销电梯的增量为120万台左右,在用电梯的保有量800多万台。从全世界范围看,其他国家所有在用电梯数量跟中国持平,加起来八九百万台,但是新梯增量则不到100万台。总之,电梯增量上中国已经超过其他国家的总和,而存量相衡。"

对于行业动态,邱志伟了如指掌。

"现在房地产业形势和当初已经截然不同,那电梯市场呢?"有人提出了疑问。

"虽然房地产市场变化较大，但是电梯行业不是完全随着房地产而波动。我认为它也有自己的市场空间。第一，原有低层房子加装、老旧小区改造，是电梯的增量。第二，每年都有很多电梯到了使用年限，需要更换。这两方面加起来足以弥补房地产低迷的影响。所以，我们协会这些专家们预测，2022年的整个新梯量大概会维持在去年的水平，相差不会太大。"

有多少个电梯就有多少个光幕？其实，最初的时候光幕是电梯的选配产品。那时电梯里有一种安全触板，由人触碰后才能运行，起着类似的安全提示作用。技术与价格，将光幕划归到了"奢侈品"的行列。

光幕，望文生义，就是由红外线组成的一道幕帘。"它由很多的光管进行交叉扫描，形成了一张网状的红外线布局，看起来像幕帘一样，所以叫光幕。"邱志伟解释道。

幕帘怎么形成的？原理其实很简单："电梯轿门两边，同一条直线上，一边是等间距红外线发射管，一边是相同数量、相同排列的红外线接收管。如果发射、接收之间没有障碍物，光信号就形成直线顺利到达接收管。当发射、接收在毫秒的高速下完成时，就形成了网状，即幕帘。其间任何一个点、一条线被阻挡，控制系统就会输出开门信号，轿门随之停止关闭或者重新开启，迅速形成对乘客的保护，避免夹人事件发生。"

原理不复杂，可为什么是微科做大做强，做到了国家级单项冠军？"让产品稳定，这才是核心。"邱志伟说，当光幕检测出障碍的时候，电梯门一定是开着的，电梯一定是运行不了的。如果光幕检测不准确，那就常常会把正常信号解读为故障信号。

"这看起来就像电梯出现了故障一样。你说厂家烦心不烦心？所以电梯厂对于光幕的合格率要求比较高。质量好、故障率低的产品，才是真正被需要的。"

"20 年我只做了光幕，20 年我只做了一件事。"邱志伟很自豪。

也因为有了微科这 20 年，电梯光幕从"奢侈品"变成了行业标配。

有细致入微，也有科学创新。

一个光幕并不是一款产品。

基于光电传感的应用，光幕的外延不断扩大。"电梯光幕本身的发展是密度越做越高、反应速度越来越快。与此同时，随着技术不断进步，光幕应用从电梯门拓展到了冷库门、卷帘门等一切需要快速反应的装置上。再外延，现在有的小区禁止电动车进入，我们可以把对电动车的检测放在光幕里面。"

为了保持自己的行业地位，微科正在尝试从光电传感产品扩展到视觉传感产品。

"我们现在新研发了基于视觉传感的产品，就是视觉上面加上深度学习，用 AR 技术实现根据不同环境情况的自动调整。"

"其实，相对光电传感而言，视觉传感既是一个迭代的产品，又是一个迭代的技术。有了这个技术以后，我们可以扩大更多的应用。"微科将视觉传感也应用到了电梯之外。目前，微科的产品已经在杭州的两个地铁站被投入使用，用于列车门和站台屏蔽门之间的区域监测，给列车司机停车、启车做参考。

如今的微科沿着横纵两条线不断延伸——横线把原有的光电传感技术从电梯向非电梯领域扩展；纵线从原有的光电传感拓展到视觉传感，同样涵盖电梯和非电梯领域。

2022年伊始,宁波有"18罗汉"获第六批国家单项冠军称号。微科光电股份是名单里最上面的那一个。

携手抗疫

2020年,是一个避不开的年头,一个无法被忽略的年头,一个注定载入史册的年头。

一场"新冠",出现在这年的开端,猝不及防,改变了整个世界的节奏甚至走向。

如今再回首,那茫然的慌乱、那无知的恐惧、那寂寞的街路、那停摆的生活,那生离死别的伤痛、那义无反顾的悲壮,那遥不可及的团圆、那失而复得的安宁,是每一个人都无法忘却的记忆。

即便现在,这个魔咒依旧肆虐在地球。据财联社3月1日电,根据世卫组织最新实时统计数据,截至欧洲中部时间2022年2月28日16时(北京时间2月28日23时),全球累计新冠肺炎确诊病例4.3亿例,累计死亡病例594万例。

2020年1月22日,浙江省卫健委网站发布信息:"2020年1月21日12时至1月22日12时,浙江省新增新型冠状病毒感染的肺炎确诊病例5例,其中宁波3例、温州2例。"

越无声,越动魄。短短数十字的通报,告知宁波首次确诊的新冠肺炎病例来了,同时宣告一场战役的开始。

在突如其来的疫情面前,在防疫抗疫的战斗中,在复工复产的冲锋中,单项冠军企业再一次显示了它们的能力,验证了宁波制造的家国责任,也组成了这座城市治理能力的有效部分。

初期,当武汉疫情凶猛的时候,他们率先伸出了援手。

1月26日中午,公牛集团股份有限公司首辆物资运输车辆驶往武汉。这是公牛集团主动与武汉相关机构取得联系,在获得许可的情况下捐赠的一批建设火神山医院所需的墙壁开关插座。经过层层关卡,一路风尘仆仆,27日凌晨,装载3000余个墙壁开关插座的车辆驶入火神山医院施工现场。当天傍晚,第二批2000余个插座也被顺利送达。

同时,公牛集团又向宁波市红十字会捐赠1000万元人民币。

1月27日,方太集团向湖北慈善总会捐款200万元。

1月29日,得力集团向中国红十字会捐赠1000万元。

1月30日上午,宁波帅特龙集团有限公司向宁波市慈善总会捐款200万元。

同一天,金田铜业集团通过江北区慈善总会捐赠了1000万元。

作为红外测温热像仪镜头的专业制造商,舜宇红外技术有限公司利用正月初一、初二两天时间赶制相关镜头近1万套,为防疫前线提供设备保障。

"青山一道同云雨,明月何曾是两乡。"他们以自己所能的方式为武汉加油,为中国加油。

但是很快,这些企业就遇到了自己的问题。重启"暂停键",2月10日开始,宁波决定在优先保证疫情防控大局的前提下,分区分类分时可控,有序推动企业复工。

这个"工"如何"复"?所有人的心里都没底。制造企业的员工来自五湖四海,他们能否回得来?怎么回?回来以后怎么防疫?可是如果不复工,已有的订单怎么办?企业的未来怎么办?

在2月12日、13日,《宁波日报》在4版开设了《我在复工一线》栏目。这里,可以看到这些单项冠军企业有条不紊的身影。

——《日月重工:一人隔一米,安全有距离》;

——《广博集团:车间小组长成"防疫网格员"》;

——《东睦集团:车间滚动播放防疫须知》;

——《博威集团:数字化车间显身手》;

——《贝发集团:人员缺口由管理层补上》;

——《宁波的单项冠军企业跑出了复工复产的"加速度"》。

舜宇光学的红外测温镜头当月产量超去年同期3倍,所有产品投入疫情防控一线;

公牛集团复工次日,就开启了6条生产线;

海天集团组建千人"突击队"全力赶订单;

万华化学(宁波)容威聚氨酯有限公司春节期间"根本停不下来"。

……

数据显示,2020年前5个月,宁波前四批的39家国家级制造业单项冠军企业产值增长8.9%,高于全市规上工业产值增速19.1个百分点,成为维护产业链安全的重要力量。

度过这个"严冬",他们在用事实说话。

外贸新订单减近四成、延期订单超过100万美元、库存产品4000多万元——这是2020年的贝发集团股份有限公司。

前8个月,销售收入同比增长108%,利润同比增长超过100%——这也是2020年的贝发。

原先八成产品依靠出口的贝发把目光转向了国内市场。然而,这不是简单的出口转内销,而是以高质量供给创造新需求。

一支"消毒笔",集合了消毒、抗菌和书写三大功能。这款在疫情期间推出的首批新产品,短短一个月销量就突破了10万。

"颜值担当"n9钢笔在此时发挥了巨大的作用。8个系列数十款产品,累计销售8.5万支,销售额超2200万元,前8个月销售额同比增长10%。

"生命至上、举国同心、舍生忘死、尊重科学、命运与共",伟大的抗疫精神在宁波单项冠军企业里化作了生动实践。

依旧经得起考验。

2020年2月6日上午,公牛集团在上交所主板挂牌。特殊时期,仪式从简。作为宁波第100家上市公司,公牛在这个节点创造了历史。这是一家创办于1995年的民用电工行业龙头企业,销售渠道遍布全国300多个城市、80多万个终端,同时还成功销往美国、欧洲、东南亚、南亚、非洲等海外市场。

依旧活力绽放。

2021年1月1日,永新光学股份有限公司总经理毛磊的新年致辞是《逐梦前行　展翅起飞》。他说——

"企业、个人的命运与国家、世界的变化总是息息相关的,我们既不是旁观者,也不是局外人,而是时不我待的建构者。

"突如其来的新冠肺炎疫情改变了世界,却改变不了永新人奋斗的决心与激情。全体干部员工勠力同心、积极应对,创造了宁波首批首日复工到岗率最高的纪录,也为全年业绩取得好成绩打下了基础。'岂曰无衣,与子同袍。'抗疫复工的同时,我们还向武汉疫区9家三甲医院紧急驰援了两批荧光显微镜,送上了永新人与疫区同胞共渡难关的鼓励与信心。

"这张答卷写下的是永新人攻坚克难、战风斗雨的韧性,化危机、应变局的勇敢坚毅,以及不负时代、凯歌以行的气魄担当。"

同一天,激智科技董事长张彦的新年献词是《撑起共同的晴天》——

"激智的亲人们,你们克服了种种困难,从祖国的四面八方来到宁波,只为了我们'服务客户,复工复产'的使命感。面对疫情,我们每一个人,砥砺前行,休戚与共,用合作的双手驱散了疫情带来的凛寒。

"2020年也是激智科技快速发展的一年。在经历了年初的疫情考验后,公司的业绩出现了强劲的反弹,前三季度交出了成立以来最好的成绩单。光电行业产品进一步向复合膜、量子点膜、高亮度增光膜、MINILED用复合膜等高端产品倾斜。光伏用薄膜产品紧随光伏行业的发展进入增长快车道,汽车用薄膜也实现逆势增长。公司对外投资布局的OLED发光材料、硅基OLED微型显示,以及5G用LCP材料等领域均取得了强劲增长。年底,激智也很荣幸地获得了电子学会科技进步一等奖的殊荣。

"2021年的钟声已经敲响,面对开新局、谋新篇的一年,让我们笃定信念:风雨阴晴君莫问,携手便能艳阳天!"

第十二章　共　富

之前说过熬鹰。

如果只截至熬鹰成功就结束了，很多人会说这是一个残忍的故事。好好的小鹰在妈妈的怀抱里、在大自然的环境下本可以自由地生长，却被人类这样残酷地训练，成为一种工具。

不会被压榨到死吧？

别急，这个故事还有下半段。

在吉林省吉林市，有一个被称为"鹰屯"的地方。"鹰屯"的大名叫吉林市土城子满族朝鲜族乡打渔楼村。追溯至清朝，这里的人冬天狩猎、夏天捕鱼采珠，向朝廷缴纳贡品。猎鹰习俗就这样从祖上一代代传下来，传到今天竟成为国家级非物质文化遗产。村里的驯鹰人至今还在，熬鹰的故事年年都有。

经历过一个严冬，那只鹰成了强壮的猎手，不仅给一个家庭带来了丰富的食物，还给家家户户带来了许多欢乐故事。可到了春天，"鹰屯"的家家户户却经历着离别——把驯好的鹰放飞，让它回归自然。就算再怎么舍不得，鹰把式都要这样做。然后再等待秋天，开启新一轮的人与鹰的故事。

放飞，既是对自然的尊重，也是对自然的回馈。

尊重与回馈，在宁波这些单项冠军的企业家看来，亦是再自然不过的事情。

不仅仅是公共价值上的公益、慈善，更是在共同富裕的新时代命题下，单项冠军的企业家们勾连起产业链条，带动上下游的企业、员工一起走向光明的未来。

请让我来帮助你

2017 年 5 月 7 日，上海。2017 年福布斯中国慈善榜全榜单揭晓，吴志光的名字赫然在列。这一年，他现金捐赠达 500 万元。

在这个 100 人的榜单上，来自中国制造业的 17 名企业家贡献了 5.7 亿元人民币的捐款。

与企业成长同步，宁波帅特龙集团有限公司一直自觉扛起社会责任。捐资助学、扶贫帮困、支援抗疫，有被动赶上的，更多是主动寻找的。一如当年吴国光在学徒的时候主动挑起比别人多的重担。

"为什么？"

"穷过的日子我知道，就希望能有人帮一把。"

"如今我有能力了，希望能帮助有需要的人把那个坎跨过去。"

这样的画面几乎每年都有——

2020 年 9 月 14 日，帅特龙慈善爱心基金 1500 万元及吴志光鄞江中学 1000 万元奖教基金签约仪式举行。这是两项基金到期后的一次续签，每一项都追加了 500 万。

2020 年的农历九月初九，吴志光回到鄞江老家与村里老人欢度重阳。修宗祠、建凉亭、送慰问金,他想看到这些老人的笑脸。

2018年元旦,1000万元的帅特龙慈善基金暨教育基金在洞桥镇成立,其中500万元将被用于贫困学生的助学、优秀师生的奖励以及教学设备的购置。在此之前,他已经资助了上千名学生。

看着台下那些孩子渴望的眼睛,吴志光讲了自己的经历。

那一年,为了一个订单,他只身去了美国。那一天,他走在大街上,想回到宾馆却迷路了。张嘴问别人,别人听不懂他的中文;看着别人翻动的嘴唇,他听不懂别人的回答。两个小时后,他无奈地拨通了使馆的电话。

他希望用这件事情告诉孩子们:知识改变命运,奋斗成就人生。

2018年的全国扶贫日上,他以个人名义捐资200万,在贵州深度贫困村建立一所希望小学。

还有多年来的不完全统计:

2020年,捐款200万元支援宁波新冠病毒抗疫工作;

2019年,捐资200万元建造贵州贞丰县中学教学楼;

2018年,在洞桥镇成立1000万元慈善爱心基金;

2016年,成立恩美儿童福利院500万元爱心基金;

2015年,捐资100万元搭建鄞江镇中心小学光明桥,捐资修缮鄞江镇吴氏宗祠;

2014年,捐资200万元支持鄞州区"五水共治"工程;

2012年,捐资1000万元重建浙江省第一座木结构风雨廊桥——鄞江桥;

2005年,捐资500万元成立洞桥镇中心小学慈善扶贫基金;

2004年,捐资100万元建造洞桥镇中心小学教学楼;

……

在这份不完全统计里,帅特龙多年来的各类慈善捐款已经超过7000万。2018年12月,吴志光获得了"浙商社会责任大奖"的荣誉。

与社会共享

"以人为本、利润共享、共同发展、承诺责任"是亚德客的企业价值观。16个字,分量却很足,内涵也很深,体现的是集团董事长王世忠先生的创业初心与担当。

"'利润共享'这4个字,简单吧?但是怎么做才叫利润共享?"

在亚德客,这4个字被细分为五层——股东、员工、客户、供应商和社会。

亚德客国际集团副总经理、大陆地区总经理李怀文进行了细解。

"股东投资了,一定要把相应的利润拿走,这是必须的。

"第二层,所有的成绩是不是员工做出来的?既然是这个团队里面所有人一起辛苦创造的,我们就要跟他们共享,对不对?除了我们企业的工资比同行高,我们每隔三四年还会有一个整体上调。最近的一次上调在2021年,一次性'吃'掉了我们一个亿的利润。

"除了员工共享以外,我们有上游的工厂配套供应商,他们也要生存。所以,我们会和供应商一起算账,算出合理的利润空间,给足他们。不然别人不会跟你真诚合作。

"再来一个就是我们的客户。我们的规模慢慢变大,会产生边际效应。所以,我们要回馈给客户。"

李怀文说,亚德客要实现的是个多赢的局面,而不仅仅是双赢。

所以,亚德客"利润共享"的第五层是社会。

亚德客的公益慈善以"阳光行动""蓝色助学工程"为两大主轴,以关注贫困地区、关爱弱势群体、关心社会公益为宗旨,持续举办各类慈善关怀活动,推动社会公益事业。

"阳光行动"长期关注欠发达地区百姓生活,项目包括:大型系列公益慈善活动、造村工程、基础设施改造、贫困家庭长期结对、扶贫慰问捐款捐物、无偿献血、植树造林及地球环保等。

"蓝色助学工程"则以资助贫困学生健康成长、顺利完成学业为宗旨,在中小学、高等院校持续推动各类公益慈善活动,主要项目包括:助学助困基金、亚德客有美助学金、亚德客班、校园教学设备和生活设施改造等。2007年,亚德客在国内设立"有美助学金",用于资助广东省中山大学贫困学子完成学业。2012年起,亚德客相继在西安理工大学、兰州理工大学、集美诚毅学院、山东大学、兰州理工大学、沈阳工业大学、合肥工业大学、上海大学等十几所高校设立"亚德客奖助学金"。每个院校每年至少资助30人(每人每年3000元),直至完成学业。这个工程迄今累计捐赠奖助学金6000余万元。

这么多年来,亚德客集团在全国多个省市累计捐赠了价值2亿多元的物资和现金,其中董事长王世忠的个人捐款超过1.4亿元。因此,王世忠被宁波市人大常委会授予"宁波市荣誉市民"称号。

"没有人是绝对贫困的,也没有人是理所当然就要受到帮助的。懂得感恩是人最基本的道德品质,此刻我们无偿接受资助,将来回报社会也是义不容辞的。"这是被"有美助学金"资助过的一名大学生说过的话。由此可知,亚德客"以感恩的心将慈善公益精神传承下去,让世界充满爱"的初衷得到了回应。

"世界企业公民"

李桂花来自贵州省黔西南州贞丰县挽澜镇踊跃村的一个贫困户。

"来这里上班差不多两年时间了,工资一直都是在四千五六到五千。寄回去的钱已经让家里的生活改善许多。"

李桂花嘴里的"这里"指的是广博集团。

得益于东西部扶贫协作行动,贞丰县与浙江省宁波市海曙区成为结对帮扶关系。2018年,李桂花来到位于海曙区的广博集团务工,主要从事纸制品文具生产。从一线锁线工开始干起,就两年的时间,李桂花凭借自己的努力当上了压痕区组长。她的务工收入成为家庭脱贫增收的主要来源。

"贞丰县政府、海曙区政府,还有广博公司,给了我们那么好的就业机会,让我们这些贫困群众能够来到这里有一个安稳的工作,也让我以后的人生多了一份保障。"深知自己优越的工作条件和待遇离不开国家脱贫攻坚好政策的支持以及贞丰、海曙两地政府的关心,李桂花不仅在岗位上认认真真、从不怠慢,更是一笔一画地写下了入党申请书,希望自己能成为一名共产党员,一心一意跟党走、感党恩。

她因此成为这批爱心岗位职工中第一个提出要加入中国共产党的,第一个提交入党申请书的,第一个成为入党积极分子的人。

和李桂花一起在广博集团务工的还有来自贞丰职校的几十名贫

困学生。

在锁线机操作区,孩子们一起忙碌着,他们的工作是将本子内页做锁线处理。虽然他们在学校学的是汽修专业,但由于车间里都是机械化作业,很多知识是可以融会贯通的,不仅能检验自己所学理论知识,还能学到一点机械维修的知识。

在两地政府牵线搭桥下,广博集团与贞丰职校共同协作,设计了"2+1"的教学模式,即学生在校学习两年后到公司带薪实习,实习期间结束后公司将按照学生自愿的原则,选择综合能力强的实习生作为公司的人才储备,同时也解决了贞丰职校的就业问题。

"最初来的五六十人现在已经成为一线生产的优秀员工。在他们的带动和影响下,他们的同学、朋友甚至邻居也被吸引到广博来上班。目前,贞丰已经成为我们集团向黔西南州招工的主要渠道。"广博集团党委副书记、行政总裁舒跃平说。

这些故事,这些瞬间,都被记载在广博集团的官方网站上,温暖着阅读者。

广博集团有一个"财富责任"的理念,是由集团董事长王利平创造的。

广博集团还有一个"世界企业公民"的概念,企业的每一个行为都遵循这一概念。

广博有近5000名员工,来自全国各地。所以,广博的公益也走出宁波,惠及各地。

广博是中国民营企业500强,他们将自己的使命定义为创造企业与社会的和谐发展。

所以,广博的公益不是一种态度,而是一种责任。

在"财富责任"理念的倡导下,他们在贵州省黄平县旧州镇建立广博寨碧村希望小学,在四川青川援建教学楼,深入开展阳光助学活动,结对农村孩子,设立农村儿童教育发展基金,帮助他们完成学业;他们关心社会疾病和困难群体,设立基金,捐助抗癌基金会,慰问困难老人;他们热心体育、文化等公共事业建设,捐款支持西部建设。

他们一直把参与慈善、扶贫、赈灾、助教等各项社会公益活动,作为锻造企业品格和承担财富责任的基本要求,到目前已为社会各界捐款捐物达5000多万元。

未来,他们计划依旧这样做。

"新冠肺炎疫情的突如其来、国际形势的风云多变、经济竞争的日益激烈,身处其中,企业更要放眼世界,播撒爱心、坚持慈善、热心公益。做一个合格的世界公民,广博通过自身的不断发展,还要进一步践行企业财富责任。"

……

63家单项冠军企业无一不是实践着自己的公益事业,投入巨大却又低调。就像太阳,即便躲在云彩里,依旧掩饰不住地散发光芒。

产业链上你和我

2020年,复工复产初期,很多企业都是一片忙乱,防护物资、工人、生产原料,缺东少西是常态。

2月16日,一家给贝发集团配套生产笔套、笔杆塑件的供应商却因疫情导致员工缺岗无法开工。眼看着40万件的订单交不上,企业心里那个急。

董事长邱智铭知道后说:"快,派人把整套注塑模具'借'过来。"

"借过来做啥?"手下人有点蒙。

"当然是帮他们赶制配件。我们的工人不是都在嘛!"

连干了8天,40万件塑件终于如期交付。

这是贝发集团"复工联盟"的力量。

在这个"复工联盟"里,有贝发产品的上下游制造业企业380多家。"只要你要,只要我有。"当任何一个企业在复工复产中有困难的时候,联盟成员都会倾己而出。

这个联盟的意义或许还在"有忧同担"上。

3月25日晚,234件元首笔装箱发车,由第三方物流精准投递给全国各地的消费者。这批笔,有着不同的含义。

这里面的每一支笔,产业链上的每一家企业都会让一点利。然后,贝发在云消费平台"文器库"上发放电子消费券作部分抵扣。平日里心心念念却舍不得下单的消费者此时得到了"笔自由"。于是,这个中高档市场重新"活"起来了。

50亿元电子消费券,带动的是百亿元的文创消费。半个多月,"文器库"平台成交额累计突破4000万元,用户数超41万,每日订单量都在不断增长。

有了消费的"一拉",就有了"保开工、保就业、保现金流、保稳定"的"四保"。

这个"灵魂二传手"文器库是一年前贝发全新升级的消费平台,是浙江省文创产业创新服务综合体(贝发集团)项目"文器谷"的一部分。当初开发"文器谷",刚好是为了集聚文创产业供应链,适应当下市场消费升级新需求。简单来说,就是以大带小、以强扶弱,从而实现动能倍增。

这个"谷"里有5个"谷员"——文器云、文器链、文器库、文器社、文器创。这是一个创新链的完美闭环,从集聚大学生和创业者天马行空做创意开始,到找出可"变现"的设计思想,联系天使投资或由贝发直接注资;然后由大牌设计师给予专业打磨,诞生产品蓝图;再让设计稿"从纸上走出来"变成实物;终点是国内外大经销商和千百万消费者手中。一个"谷"就成为一个具有全国影响力的文创产业集群。从2020年至今,文创综合体已经集聚了3300多家机构。

为了发展而布局的新业态,在疫情中恰好得以验证。在2020年的"贝发文创品牌云交会"上,贝发"文器库"凭借"办公文具+卫生防疫用品"的产品组合,不仅进入了意大利、西班牙等地客商的采购名录,还一举拿下加拿大采购商为期5年的长期订单,合约金额达1.65亿美元。这种场景式的产品销售模式也被阿联酋、挪威等国家的客户看中。

在共同富裕的大背景下,宁波单项冠军企业的产业链也就有了双重的意义。

海天塑机集团是第一批国家级单项冠军企业(宁波只有两家企业入围,另一家是德鹰精密机械)。

追溯到1966年的农村社队企业时期,海天已经有50多年的发展历史。正是这50多年的拼搏,海天成为注塑机领域的民族骄傲。它是目前全球生产量最大的注塑机研发和制造企业,也是世界最大的塑料机械生产基地。

作为智能成型装备产业链的领军企业,海天集团的"前后左右",

拉动了产业链企业 140 家。

控制系统的弘讯科技，操作系统的安信数控，生产显示器的群志光电，提供伺服电机的菲仕电机和宁波朗利福电机，做轴承的宁波捷成轴业，加工滚珠丝杠的宁波海迈克精密机械，既有冲床曲轴又有台身的宁波锦球机械；驱动系统里的意宁液压、宁波斯达弗液压传动、宁波住精液压；注射系统里的宁波天星精密机械、宁波市北仑勤业机械、宁波威瑞精密机械；合模系统里的宁波将军机械、宁波顺兴机械；辅助系统里的宁波海迈克自动化科技、宁波大正工业机器人……这些企业组合成海天"地图"，成为北仑区智能成型装备产业链的重要支撑。

海天集团自身也在向成套解决方案供应商转变，形成电动注塑、专业生产线、智能工厂等解决方案，为下游客户提供设计、设备、自动化等一体化建设，带动产业链向中高端升级。

这些单项冠军企业将共同富裕的外延扩大到带动发展，也应了中国那句古话"授人以鱼，不如授人以渔"。

还有一种共同进步是强强联合。

宁波长阳科技股份有限公司成立于 2010 年 11 月，是一家新材料科技公司。仅从 2018 年公司的光学反射膜被认定为第三批国家级制造业单项冠军产品这一点，就足以判定它的行业地位。长阳科技的多个产品打破了国际巨头在光学膜领域的技术垄断，填补了国内光学基膜市场的空白。它们还与包括三星、LG、创维、TCL 等在内的全球 95% 以上液晶面板厂建立合作关系，成为国际领先的亿平方米级别光学及功能膜整体方案供应商。

长阳科技是创始人金亚东的第二次创业。早在北大就读化学系时，金亚东就已萌发出创业的念头。国外深造、就职于国际知名企业等都没有改变他的想法。2007年，他与好友张彦博士共同创办了国内首家新型光学功能薄膜企业——激智科技，就是那个生产了全球四分之一扩散膜、入围第二批全国制造业单项冠军的激智科技。

这次创业却让金亚东意识到另外一个问题，那就是生产光学薄膜的上游材料来源渠道少，同样容易受到国外厂家恶意压货，购买成本高、风险高，会导致薄膜产业发展受限制。"组建新公司，转向光学薄膜中上游"又成为金亚东挥之不去的念头。

2010年，金亚东与希马克资本控股有限公司合作成立了长阳科技，"自下而上"聚焦反射膜中上游产业链。

自创立以来，公司每年投入数千万元人民币，用于技术研发，不仅实现了创立十个月就成功下线的公司第一代光学基膜样品，更是成功研发了全球首创的光增益膜，从而替代了平板显示中的关键材料，打破国外企业垄断局面。

2021年，长阳科技再次"出击"。联合上游原材料企业、同为国家级单项冠军的宁波色母粒股份有限公司以及浙江大学、中科院宁波材料所、北京化工大学等科研机构，他们组建成立了浙江省光学膜产业链上下游企业共同体，共同开发新型显示技术的光学膜。同时，长阳科技牵头组建浙江省功能膜材料（光电）创新中心，希望解决光电功能膜材料行业共性技术供给力不足的问题，打通光电功能膜材料行业技术化到商业化的通道，提升浙江省光电功能膜材料产业链工业基础能力。

目前，在宁波市23家浙江省产业链上下游共同体中，有13家由单项冠军及培育企业建立。它们是标志性产业链的"链主"。

第十三章　星　火

12月26日，中国制造日。

这不是开国领袖毛泽东的诞辰吗？咋成了中国制造日？

2016年12月26日7点56分，共青团中央官方微博发布了这样一条消息："今天是毛泽东同志诞辰123周年。他领导的中国共产党不仅建立了独立自主的新中国，还使中国建成了独立完整的工业体系。今天，我们联合@国资小新发起#中国制造日#纪念伟人……"

一石激浪，让人回到了那段峥嵘岁月。在天安门城楼上他宣告"中国人民从此站起来了"。他告诉国人，改变贫穷落后、被动挨打局面的唯一道路就是实现国家工业化；中国在推翻"三座大山"后最主要的任务是搞工业化，由落后的农业国变成先进的工业国，建立独立完整的工业体系。他让世界看到，新中国在诸多风暴中迅速在废墟上站起，从工业产业近乎于无的状态到基本形成自主的工业体系。

从"一穷二白"的基础上起步，中国已经成为名副其实的"世界工厂"和世界制造业第一大国。

用中国制造，向伟人致敬。这个节日被固定了下来。

一个节日的意义，不是在每年的这个时候，同样的话题被再次提及。而是因为有了这个节日，主题的烙印从未淡化、始终深刻。

在宁波,制造业就是永恒的主题。

也因此,这里有着全国最多的制造业单项冠军企业。

就像金字塔尖不是凭空而起,宁波的国家级制造业单项冠军企业是在12万制造业企业的塔基上成长起来的。

并购整合的经典案例

在西蒙的《隐形冠军——未来全球化的先锋》一书里,均胜是宁波唯一一家被提及的企业——"均胜电子从一家私募基金中正式收购了普瑞。"西蒙称之为"中国企业在收购德国隐形冠军后进行整合和价值创造的经典案例"。

在均胜集团财务副总监王占龙的记忆中,西蒙曾经来过公司两次。"一次是2014年,在公司展厅里远远见到他,个子高高的。一次是2019年。"

所以,这个企业对于宁波制造也就有了特别的意义。

2011年6月28日,第六届中德经济技术合作论坛在柏林开幕。时任国家总理温家宝在开幕式上的演讲有这样一段话:"密切两国中小企业合作。中方不仅重视与德国大型跨国公司合作,也重视推动双方中小企业合作。中方决定设立一项总额为20亿欧元的专项贷款,支持中德中小企业合作,充分发挥双方在资金、技术、研发、人才、市场等方面的互补优势,促进共同成长。"

均胜电子和普瑞公司将总理的话落了地。

均胜电子,2004年在宁波创建的一家生产汽车零部件的民营企业。

德国普瑞公司，1919年创立的老牌汽车电子生产商。在2010年全球汽车电子行业发明专利排行榜上，普瑞以98项发明专利居行业第七，是具备很强创新能力的隐形冠军。

两个不同体量的轨道在2011年实现了交会，并且是均胜并购了普瑞，其内在逻辑还需要从均胜电子的发展脉络中寻找。

2004年，王剑峰和范金洪一起创办了均胜集团。

2005年，长春均胜汽车零部件有限公司成立、浙江博声电子有限公司成立。

2006年，均胜开始向大众、通用、福特配套零部件。

2008年，均胜成为大众A级供应商和通用全球供应商。

2009年，均胜并购上海华德塑料制品有限公司。

2010年，宁波普瑞均胜汽车电子有限公司成立。

2011年，均胜电子在上海证券交易所主板上市。

在均胜电子公共传媒总监张传庆看来，这段经历可以归结为市场驱动下的快速增长。这样的节奏是因为均胜的生长期契合了中国汽车快速发展的窗口期，是时代给予了汽车行业发展的机遇。

"尤其是并购上海华德塑料制品有限公司。"当初，这是一家中德合资的零部件公司。在2008年金融危机时，欧洲受到了很大的冲击，华德也不能幸免。均胜把它并购过来，由此，在国内民营汽配行业里占得先机。

"同时，集团董事长王剑峰之前在一家全球500强的汽车公司的从业经历，也让他有了国际化的视野和战略思维，从而让企业有了准确的判断。"张传庆说。

第十三章 星火

此时的均胜开始思考这样一个问题：工业4.0时代，均胜如何从低门槛的汽车配件制造实现全产业链的现代化企业的转变？途径只有技术驱动。但企业可以从无到有，技术的研发却需要一个漫长的积累期。在资本市场的今天，如果想快速切入的话，最好的办法就是并购。

并购德国普瑞，是一个进入欧洲顶级品牌的渠道，也是转向汽车电子的快车道。

2011年，均胜与普瑞正式签约，收购价格为16亿人民币，包含普瑞98项技术专利。这件事情的轰动效应至今还在，不仅入选当年中国十大海外并购案，还在北大光华学院、长江商学院的课堂上屡屡被作为经典案例来分析。

普瑞只是一个开始。此后，均胜电子完成了多次基于技术的海外并购。

2014年，收购德国IMA公司，这是著名的机器人公司。

2015年，完成德国QUIN公司并购的交割，这是德国内饰和方向盘总成公司。

2016年，收购三家国外公司，分别是全球领先的汽车安全系统供应商、知名的工业机器人公司和著名的汽车导航技术公司。

2017年，收购奥地利M&R公司，这是工业自动化的"行家"。

2018年，收购日本高田资产，这是全球第二大汽车安全制造商，在全球的汽车安全市场份额占到20%。

"无论是本土快速发展也好、海外并购也好，均胜的战略方向从来没有变过，那就是更安全、更智能、更环保。我们一直在按照这个方向来决策所有的举动。"张传庆说，在这个战略指引下，技术引过来、管理引过来，公司通过自主技术创新和国际并购整合，实现了全球化和转型升级的战略目标。目前，公司在全球设有3个核心研发中心和70多个主要工厂，拥有5000多项技术专利和50000多全球员工。

均胜电子同时也实现了技术驱动的定位。按照技术优先的原则，公司年均研发投入保持在6%以上。

"我们的研发中心分别位于中国宁波、德国巴伐利亚州、美国底特律，预研发一般领先行业水平2到5年，前瞻性地对接整车厂商的需求，针对汽车的发展趋势提前储备新技术，在主被动安全、车联网和电池管理系统、充放电系统等领域代表着行业最高水平。公司参与多个高级别的自动驾驶领域的标准制定，并屡获大众、宝马、通用、福特等主要汽车厂的各类技术奖项和优秀供应商奖。"王占龙说。

凭借领先市场的创新设计、智能制造、品质管理及优秀服务，均胜电子在全球汽车安全市场占有约30%市场份额，向全球主要汽车制造商长期供应的汽车电子类产品覆盖了人机交互、影音娱乐、新能源汽车动力管理系统和车载互联，屡获各类技术奖项和优秀供应商奖。

如今的宁波均胜电子股份有限公司是一家全球化的汽车零部件顶级供应商，致力于智能驾驶、汽车安全、新能源汽车动力管理、汽车智能联网系统以及充配电系统的研发与制造，并向全球各主要知名汽车厂商提供技术解决方案和产品配套。2020年，均胜电子在各项权威评比中，位列全球汽车零部件供应商30强，同时也是中国电子百强企业和中国软件百强企业；旗下的汽车电子宁波工厂是工信部首批智能制造示范基地和智能标杆工厂。

协同与协同效应，是王占龙对并购后企业发展的评价："我们首先通过内生增长做强，然后通过资本打通外延并购，并购后的企业在集团整合发展后又成为内生动力。这样的双循环产生了财务和销售两个协同效应，同时使得并购之后的每一家公司都展现出蓬勃的生命力。均胜电子的全球70多家子公司、5万多员工在2019年创造了617亿元人民币的总营收。"

2019年，德国普瑞公司迎来了自己的百年盛典。对于这个百年企业来说，最好的生日礼物应该是这组数字——2010年，公司汽车销售额只有3亿欧元，全球员工有2500人左右；2018年，汽车销售额达到13亿欧元，全球员工有7000多人。

所以，西蒙说："在面对中国企业收购的时候，一个绕不开的话题是德国企业担心技术转移或者流失。然而，我们通过普瑞的案例可以清楚地看到，德国企业虽然技术先进，但德国以及欧洲市场已经饱和，只有在中国市场上才能发挥出最大的效用。"

效益驱动，是如今均胜电子新的增长极。在宁波市国家高新区清逸路99号，均胜电子的一个生产车间，六条长长的生产线，工人只是穿插其中。机械臂从原料袋里稳稳地抓出元器件，准确地滑动到安装台，嵌入到芯片板上。"传统产线完成单个设备的生产需要三四个小时，现在是半小时内同时生产96个。这里的工人一共才400个，却可以一年创造近20亿的产值。"张传庆说。

现代化的企业、智能化的制造，科技的浪潮中制造业是否还需要工匠精神？均胜的答案是工匠精神永恒，但要赋予时代意义。此时的均胜，提出了"专注度"这一概念。

张传庆讲述了董事长的一个感叹："我如果当时放弃制造去做房地产，我能做到中国前十吗？我觉得不能。但是做汽车技术与服务供应商我能做到。甚至我可以想象一下全球前十。"

事实已经验证了均胜的选择。

具化到个人：研发人员专注于自己的产品，车间工人专注于自己的工艺，销售人员专注于自己的客户。

把工匠精神上升到企业角度，王占龙将之总结为"只做多元化、不做综合化"。每一个子公司都有自己的"元"。比如在汽车零部件行业，做汽车安全产品是一"元"，做汽车电子产品是一"元"，做车联网产品也是一"元"。在自己的"元"里专注了，众多的一"元"才能组合成集团的多元。而那些跨行业、跨专业的综合化则需另起炉灶。

"软件定义汽车"，正在成为汽车行业的大势所趋。保证在主要业务领域中处于领先地位，均胜电子加速着向汽车数字化技术和服务提供商的转型。新能源汽车、智能驾驶、5G 大规模商用，一个个新浪潮都在强化着"中国研发"；同时，增强整个供应链的全球互动和相互促进，通过在全球各主要汽车生产国和地区设立研发、生产基地，基本形成两小时半径服务体系，快速响应全球整车厂需求，未来可期。

2021 年，均胜依旧捷报频传。

均胜电子完成了对激光雷达制造商图达通的战略投资，并将通过子公司均联智行与图达通开展合作，为蔚来汽车近期发布的首款轿车 ET7 提供超远距离高精度激光雷达，使之真正实现从辅助驾驶到自动驾驶的跨越。

均胜电子还与西门子数字化工业软件公司举行战略合作签约仪式，将在产品研发、生产制造、技术服务等领域进行深度合作。这是推进"数字均胜"战略的又一关键步骤。

随着一汽—大众 ID.4 CROZZ 新车上市，除了电池管理系统，均胜电子还为中国版车型提供安全类、网联类、人机交互产品。

……

做最好的自己,是中国制造,无论是单项冠军还是隐形冠军,应有的路径。

连续 4 年的发展报告

自 2017 年起,宁波市经济和信息化局联合长城战略咨询开展了对制造业单项冠军企业的跟踪研究,编制出年度制造业单项冠军企业发展报告,至今已经总结到 2020 年。

4 年的报告忠实地记录了这些单项冠军企业的成长历程。最新的《宁波市制造业单项冠军企业发展报告(2020)》则以彼时 384 家列入宁波市制造业单项冠军培育库的企业为研究对象,基于近年来的生产经营情况和发展情况,对企业总体情况、群体特征、区域分布进行了系统分析。

截至 2020 年底,共有 384 家企业被列入宁波市制造业单项冠军企业培育库。除去前五批 45 家国家级制造业单项冠军企业,在 339 家市制造业单项冠军梯队培育企业中,有 119 家市重点培育企业、220 家市潜力型企业。在这 384 家单项冠军培育库企业中,24.68%(95 家)的企业主导产品市场占有率全球第一,66.56%(256 家)的企业主导产品市场占有率全国第一,构筑起了真正的"单项冠军之城"。

就循着这个脉络,看看这些冠军企业的贡献率吧!

—— 质效提升,成为引领制造业效益发展主引擎;

——创新驱动,成为示范制造业创新发展主力军;

——出口突破,成为加速制造业开放发展主前台;

——领域聚焦,成为推动制造业集群发展主驱力。

这是一个足以令人骄傲的群体。发展报告给它们画出了清晰的群体特征图——

"培育企业稳步增长,冠军群体数量全国领跑。"

"工匠精神发扬光大,专精特新铸就冠军产品。"

"市场领先优势明显,国内外细分市场占据主导。"

"经营效率持续提升,整体质效呈现快速增长。"

"聚焦主业做大做强,主导产品集中优势显著。"

"研发投入持续增长,技术创新成果不断涌现。"

"企业品牌标准领先,核心竞争优势逐渐显现。"

"企业主体高度集中,高新技术和民营企业占主导。"

"资本借力快速成长,上市企业超过宁波总数五成。"

每一个侧面,都是有力的例证与数据。

2020年,384家单项冠军及培育企业以占全市规上工业企业4.57%的数量,创造了全市30.94%的主营业务收入和38.44%的利润总额,平均主营业务收入和平均利润额是同期全市规上工业企业的6.8倍和8.4倍。企业平均经济效益要明显优于工业企业,不仅对全市制造业带动作用显著,还是当之无愧的全国乃至全球细分行业最具竞争力的核心群体。

2020年,384家单项冠军及培育企业R&D经费支出总额占全市规上工业企业的53.17%;R&D经费支出占主营业务收入比重高于全市规上工业企业平均水平1.56个百分点;拥有国家级企业研发机构

29家。从创新产出来看，384家单项冠军及培育企业累计拥有有效专利42762项，拥有高新技术企业339家，占全市高新技术企业（3102家）的10.93%。单项冠军及培育企业以创新为驱动力，已成为全市制造业创新发展的主力军。

2020年，384家单项冠军及培育企业出口总额达到1217.16亿元，占全市规上工业企业出口总额的36.59%，单项冠军及培育企业出口总额占全市规上工业企业出口总额的比重由2017年18.89%增至2020年36.59%，其46.36%的出口额增速更是高出同期规上工业企业45.35个百分点。这些单项冠军企业成为名副其实的宁波制造业对外开放的主前台。

2020年，384家单项冠军及培育企业中有71.35%集中于关键基础件、新材料、高端装备、汽车制造、电子信息这五大产业领域。相对于这些基础雄厚的优势产业领域，部分新兴产业领域也出现了一批代表性企业。在经营数据上，汽车制造产业主营业务收入占据首位，而绿色石化产业利润总额远高于其他产业。具体来说，金田铜业、舜宇光电、得力集团、万华化学、海天塑机、公牛集团和其他5家企业一起，组成了宁波"百亿营收俱乐部"。

相比于前几年，"关键核心技术加快创新突破""服务型制造趋势逐渐明显""产业链协同效应日益增强""大企业平台化转型开始探索"是2020年这些企业的明显新趋势。

……

这，就是宁波，就是宁波的制造业，就是宁波的制造业单项冠军企业。

一如习近平总书记在宁波考察期间，对宁波制造业给予的充分肯定——"宁波有许多'小而精'企业"。

这些"小而精"的企业正是宁波在细分行业领域拥有强劲竞争力的制造业单项冠军企业群体。

《宁波市制造业单项冠军企业发展报告（2019）》有这样一段话："当前，全球制造业格局正在发生一场'大漂移'。"美日等发达经济体持续吸引高端制造业回流，东南亚地区以其劳动力优势争抢国际产业转移，外加全球新冠肺炎疫情、中美贸易摩擦等影响全球制造业格局加速重构……面对国际产业发展新变化，宁波的制造业单项冠军企业代表着全球或全国细分行业领域最高的发展水平和最强的市场实力，正在成为占据行业发展主导权和制高点、推动制造业高质量发展的领军力量。

2021年1月16日星期六，由浙江大学、恒逸集团主办的第12届民营企业可持续发展高层论坛以网上直播的形式进行。我国著名经济学家、中国农业银行前首席经济学家向松祚教授以"中国经济的新时代和新动能"为题进行了一场深刻的演讲。从改革开放40年民营企业对中国经济和社会发展做出巨大贡献的话题开始，他说高质量发展所依靠的力量，答案非常明显。他把中国经济的新时代和新动能归结为"脱虚向实、回归本源、夯实基础、矢志创新"这16个字。他说，面向未来，中国经济要尊重常识和规律，要坚守主航道，要深耕细作才能枝繁叶茂。

这个主航道就是实体经济，就是制造业。

"苗圃"里成长

连续4年的发展报告都以一个名词为基本样本——单项冠军培

育库。

这说明，宁波的单项冠军企业并不是凭空生长的，它们是基于宁波"把育强单项冠军企业作为推动制造业高质量发展的重要抓手，依托雄厚的制造业发展基础和门类齐全的现代制造业体系，聚力打造一批行业地位突出、专业技术领先的制造业单项冠军企业和专精特新企业群体"而成长的。

"在顶层设计上，坚持系统性谋划；在培育机制上，实行梯度化培育；在核心技术上，突出关键性攻关；在作用发挥上，强化引领式带动；在发展生态上，注重融合式推进；在宣传推广上，注重总结引导。"宁波市经信局一语道出"武林秘籍"。

2017年，宁波在全国较早启动了制造业单项冠军培育工程，出台《宁波市制造业单项冠军培育工程三年攻坚行动计划（2017—2019年）》，强调在不同企业梯队培育中挖掘单项冠军苗子作为市级培育企业。2020年，基于单项冠军培育优势出台《宁波市聚焦关键核心技术打造制造业单项冠军之城行动方案（2020—2025）》《宁波市单项冠军和重点产业链关键核心技术攻关行动计划（2020—2025）》。

这些顶层设计是针对宁波自身制造业基础扎实、企业数量多的实际而量身打造的，目的就是强调单项冠军对制造业高质量发展的引领带动作用，突出以关键核心技术为重点的单项冠军全链条培育，避免企业自发、市场无序导致的低效发展。

为了提高培育工作的针对性，宁波采取了梯度化培育的方式，建立起从苗子到冠军企业全过程培育机制，分类别实施、分阶段推进。

第一阶段是精细选育单项冠军"苗圃"。宁波每年对拥有核心技术的初创型企业、小微企业进行排摸，筛选有培育价值的苗子纳入"苗圃"；通过"智团创业""甬江引才工程"等载体，支持掌握关键核心技术的高层次人才来宁波创办高技术企业，培育一批以技术驱动为核心的单项冠军苗子。

第二阶段是精心培育单项冠军培育库。根据国家级单项冠军标准和市级培育要求，宁波建起市、县两级培育库，重点在"苗圃"中筛选好苗子，动态跟踪培育库企业经营发展情况，鼓励企业加强知识产权保护、技术创新、管理提升、市场开拓、品牌建设，促进培育企业加快发展，努力成为制造业单项冠军。

第三阶段就是精准扶育单项冠军企业。此时的重点在引导国家级冠军企业走好产学研结合、可持续发展之路上，在做精做优做强冠军产品基础上，在强化核心技术研发进一步巩固提升市场地位上，最终让企业真正成为引领细分行业领域的全球标杆。

除了"苗圃"，宁波还有一个"三色图"，聚焦关键核心技术"卡脖子"问题。

"三色图"有红、黄、绿三个颜色，代表面向单项冠军等重点企业采取的不同攻关行动，特别是对有望实现进口替代的黄色类问题，采取"揭榜挂帅"方式，吸引高层次人才、高技术企业联合攻关。宁波市依照"三色图"搭建以单项冠军企业为龙头的共性技术平台，推动关键基础零部件、基础材料共研共用；建立以单项冠军企业为主体的成果转化机制，推动技术研发—产品创新—产业化全周期发展。

"按图索骥"，近三年，宁波累计部署重大科技专项356项，其中10条标志性产业链项目183项，形成突破国外封锁的关键核心技术32项，开发战略性创新产品78个。

为充分发挥单项冠军企业的作用，宁波围绕链式集聚、裂变带动、协同融通三个环节,强化单项冠军企业的引领辐射功能。

——在链式集聚方面,按照"关键核心技术 — 材料 — 零件 — 部件 — 整机 — 系统集成"和"关键核心技术 — 产品 — 企业 — 产业链 — 产业集群"培育思路,谋划建设化工新材料等10条标志性产业链,不仅可以提升区域特色产业链的整体竞争力,还能提升产业链内单项冠军企业的抗风险能力。

——在裂变带动方面,以航母型企业为重点,通过技术支持、市场带动,孵化一批新的单项冠军。这里有一个"一门三杰"的奇迹。舜宇光学科技(集团)有限公司,及其孵化出的宁波舜宇光电信息有限公司、宁波舜宇车载光学技术有限公司,它们全部是国家级单项冠军。

——在协同融通方面,依托现有单项冠军企业,组建高水平企业共同体,突出产业链关键环节培育,确保每条产业链都能培育出一批单项冠军。

"链"在宁波对单项冠军企业的培育中起到了显著作用。

宁波还设立制造业单项冠军扶持奖励政策,对各级单项冠军企业给予全方位的政策支持,金融等部门也将这些企业列为重点扶持对象。目前,宁波市级财政已累计落实单项冠军奖励资金3.29亿元。

正因为有了多年的引导培育,宁波才累计获评国家级制造业单项冠军企业(产品)63家,数量居全国各城市首位,为争创全国制造业单项冠军第一城打下扎实基础。2021年在面对中美贸易摩擦和疫情对经济运行造成的冲击中,这些单项冠军企业保持逆势增长态势,成为维护产业链安全的重要力量。

同时,宁波还拥有在细分领域市场占有率居全国第一的企业262家、全球前三的企业133家。这些企业都在宁波市单项冠军企业培育库中。这个"库",每年还会有新的力量补充进来。

  它们就是漫天的星火。从这里,会有越来越多的企业最终成长为国家级制造业单项冠军。

结　语

此时此刻,北京 2022 年冬残奥会开幕式拉开了帷幕。

和一个月前冬奥会的开幕式一样。一样的"鸟巢"、一样的火炬台、一样的火炬。

当视障火炬手点燃那一抹微光,"一朵雪花的浪漫"从北京冬奥会的开幕式延续到了冬残奥会开幕式,延续到整个奥林匹克历史。

同样,这也是大丰实业的辉煌在延续。由大丰负责制造的冬奥会开幕式主火炬地面核心装置系统,经过快速改造,在冬残奥会开幕式上被"再利用"。

这更是宁波国家级单项冠军企业的骄傲。因为每一个重大的历史节点,诸多重要的行业赛道,他们的名字一定同在。

一直认为,每一个单项冠军企业所讲述的,都是从"我"到"我们"的成长故事。

一个产品,从"我"的起点走到了"我们"的舞台;

一众企业,将"我"的素描组合成了"我们"的群像;

一座城市,把"我"连成"我们"。

所以,这是"我们"的冠军,亦是"我们"的冠军之城。

《让大象飞》的作者、美国人史蒂文·霍夫曼说过,"我相信,中国的创业者将会在塑造我们这颗行星未来的过程中起到决定性作用"。

　　走呀,大路在我们面前!